Tous droits de traduction et de reproduction réservés
PRIX 50 CENTIMES J. HETZEL ET Cie, 18, RUE JACOB, PARIS PRIX 50 CENTIMES

MICHEL STROGOFF

PIÈCE A GRAND SPECTACLE EN 5 ACTES ET 16 TABLEAUX

De MM. A. D'ENNERY et JULES VERNE

MUSIQUE DE M. ARTUS. — DÉCORS DE MM. CHÉRET, RUBÉ, CHAPRON, LAVASTRE, NÉZEL.

Représentée pour la première fois à Paris, sur le théâtre du Châtelet, le 17 novembre 1880.

DISTRIBUTION DE LA PIÈCE A LA 1re REPRÉSENTATION

MICHEL STROGOFF..................	MM. MARAIS.	BLOUNT...............................	MM DAILLY.
IVAN OGAREFF......................	PAUL DESHAYES.	JOLLIVET..............................	JOUSSARD.

LE GRAND-DUC	MM. Bouyer.
LE GOUVERNEUR DE MOSCOU	Rosny.
WASSILI FEDOR	Coulombier.
LE MAITRE DE POLICE	Donato.
L'ÉMIR FÉOFAR	Romani.
LE GÉNÉRAL KISSOFF	Frumence.
UN CAPITAINE TARTARE	Vialdi.
LE MAITRE DE POSTE	Vivier
LE GÉNÉRAL VORONZOFF	Raymond.
UN EMPLOYÉ DU TÉLÉGRAPHE	Debray.
PREMIER FUGITIF	Samson.
DEUXIÈME FUGITIF	Andrieu.
UN AIDE DE CAMP	MM. Decoy.
UN AGENT DE POLICE	Branche.
UN GRAND PRÊTRE	Maillart.
DEUXIÈME AIDE DE CAMP	Alfred.
UN SERGENT TARTARE	Jules.
PREMIER VOYAGEUR	Auguste.
DEUXIÈME VOYAGEUR	Cartereau.
UN BOHÉMIEN	Audureau.
MARFA STROGOFF	Mmes Marie Laurent.
NADIA FEDOR	Aucé.
SANGARRE	Paul Deshayes.

DÉSIGNATION DES TABLEAUX.

1er. — Le Palais Neuf.
2e. — Moscou illuminé.
3e. — La Retraite aux flambeaux.
4e. — Le Relai de poste.
5e. — L'Isba du télégraphe.
6e. — Le Champ de bataille de Kolyvan.
7e. — La Tente d'Ivan Ogareff.
8e. — Le Camp de l'Émir.
9e. — La Fête tartare.
10e. — La Clairière.
11e. — Le Radeau.
12e. — Les Rives de l'Angara.
13e. — Le Fleuve de naphte.
14e. — La Ville en feu.
15e. — Le Palais du Grand-Duc.
16e. — L'Assaut d'Irkoutsk.

DEUX GRANDS BALLETS RÉGLÉS PAR M. A FUCHS.

ACTE PREMIER.

PREMIER TABLEAU.

Le Palais Neuf.

Une galerie à arcades, splendidement parée et éclairée, attenant à droite aux salons de réception du palais, à gauche au cabinet du gouverneur de Moscou. Portes à droite et à gauche dans les pans coupés. A gauche, la vaste baie d'une fenêtre à large balcon.

SCÈNE I.

JOLLIVET, GÉNÉRAL KISSOFF, AIDES DE CAMP, OFFICIERS, INVITÉS CIVILS, ETC.

(Ces divers personnages, groupés à droite, près de la porte du salon, regardent danser. On entend l'orchestre du bal.)

L'AIDE DE CAMP.

Les salons peuvent à peine contenir la foule des invités!

LE GÉNÉRAL.

Oui, et les groupes de danseurs finiront par refluer jusque dans cette galerie... C'est magnifique!

JOLLIVET.

Quel est donc le voyageur qui a osé parler des froids de la Russie, général?

LE GÉNÉRAL.

La Russie de juillet n'est pas la Russie de janvier, monsieur Jollivet.

JOLLIVET

Non, certes, mais on croirait que monsieur le gouverneur a pour cette nuit transporté Moscou sous les tropiques! Ce jardin d'hiver, qui relie les appartements particuliers de Son Excellence avec les grands salons de réception, est vraiment merveilleux!

LE GÉNÉRAL.

Que pensez-vous de cette fête, monsieur le reporter?

JOLLIVET, montrant son carnet.

Voici ce que je viens de télégraphier, général :

Fête que gouverneur de Moscou donne en honneur de Sa Majesté Empereur de toutes Russies, splendide!

LE GÉNÉRAL.

A merveille! Les journaux français parleront de nous en bons termes. Il en sera de même des journaux anglais, je pense, grâce à M. Blount, votre confrère.

JOLLIVET.

L'orgueilleux et irascible M. Blount, qui prétend que l'Angleterre, cette reine de l'univers, comme il l'appelle, et le *Morning-Post*, ce roi des journaux, comme il le nomme aussi, doivent toujours être informés les premiers de tout ce qui se passe sur le globe terrestre!

LE GÉNÉRAL.

Ah! tenez, le voici.

SCÈNE II.

LES MÊMES, BLOUNT.

JOLLIVET.

Je parlais précisément de vous, monsieur Blount!

BLOUNT.

Oh! c'était une grande honneur que vous faisiez...

JOLLIVET.

Mais non, mais non!

BLOUNT.

Que vous faisiez à vous-même!

JOLLIVET, riant

Merci! Il est charmant. Avouez, monsieur Blount, que si vous avez, comme je n'en doute pas, un excellent cœur, l'écorce en est furieusement rude!

BLOUNT.

Mister Jollivet, quand une bonne reporter anglaise quittait son pétrie, il devait emporter beaucoup de guinées, de bons yeux, de bons oreilles, une bonne estomac, et laisser son cœur dans son fémille!

JOLLIVET.

Et c'est ainsi que vous voyagez, monsieur Blount?

BLOUNT.

Yes!... si vous permettez...

JOLLIVET.

Sans la moindre sympathie pour un confrère d'outre-Manche?

BLOUNT.

Si vous permettez, mister Jollivet!... Et si vous permettez pas,... ce était tout à fait la même chose!

JOLLIVET.

Vous êtes admirable de franchise et de bonhomie!

(Musique au dehors.)

LE GÉNÉRAL.

Si je ne me trompe, messieurs, ces Tsiganes qui ont demandé à se faire entendre au bal du gouverneur, vont commencer leur concert. Je vous engage à écouter cela! C'est fort curieux!

JOLLIVET.

Certainement, certainement, général...

(Le général se dirige vers le salon et les invités se rapprochent de la porte. Blount et Jollivet restent en scène.)

JOLLIVET, s'asseyant.

Ma foi, il fait trop chaud par là, je reste ici. (Blount s'assied de l'autre côté, tire son carnet et se met à écrire.) Permettez-moi, monsieur Blount, de risquer une phrase toute française! « Cette petite fête est vraiment charmante. »

BLOUNT, froidement.

J'avais déjà télégraphié: « splendide, » aux lecteurs du *Morning-Post*.

JOLLIVET.

Très bien. Mais, au milieu de cette splendeur, il y a un point noir. On parle tout bas d'un soulèvement tartare qui menace les provinces sibériennes!... Aussi ai-je cru devoir écrire à ma cousine...

BLOUNT, froidement.

Cousine... Ah!... c'est avec son cousine... que M. Jollivet correspondait?

JOLLIVET.

Oui, monsieur Blount, oui!... Vous correspondez avec votre journal, moi avec ma cousine Madeleine! C'est plus galant! Or, elle aime à être informée vite et bien, ma cousine! J'ai donc cru devoir lui marquer que, pendant cette fête, une sorte de nuage avait obscurci le front du gouverneur!...

BLOUNT.

Il avait une front rayonnante, au contraire!

JOLLIVET, riant.

Et vous l'avez fait rayonner dans les colonnes du *Morning-Post*?...

BLOUNT.

Ce que je télégraphie intéresse mon journal et moi, seulement, mister Jollivet.

JOLLIVET.

Votre journal et vous seulement, monsieur Blount. Eh bien, mais c'est avouer alors que cela n'intéresse guère vos lecteurs!

BLOUNT, furieux.

Mister Jollivet!

JOLLIVET, souriant.

Monsieur Blount!

BLOUNT.

Vous moquez toujours de moi, et je permettais pas, entendez-vous... Je permettais pas!...

JOLLIVET.

Mais non... mais non!...

SCÈNE III.

LES MÊMES, LE GÉNÉRAL, LE GOUVERNEUR, OFFICIERS, INVITÉS.

LE GOUVERNEUR.

Bravo! Bravo! Ces Tsiganes sont vraiment pleines d'originalité et méritent leur réputation! (Aux reporters.) Ah! messieurs, vous étiez à votre poste pour les entendre!

JOLLIVET.

Elles sont charmantes, monsieur le gouverneur!... C'est ce que me disait à l'instant mon excellent confrère et ami, M. Blout.

BLOUNT.

Confrère, oui... Ami, non.

LE GOUVERNEUR, riant.

Il y a là quelques jolies filles qui feront fortune!... (Il passe vers la gauche, après avoir pris le bras du général Kissoff.)

JOLLIVET.

Dites donc, monsieur Blount, il a l'air bien joyeux, M. le gouverneur! Il faut qu'il soit terriblement inquiet!... Qu'en pensez-vous, monsieur Blount?...

BLOUNT, sèchement.

Ce que je pensai ne regardait pas vous! (Ils se séparent et se mêlent aux divers groupes.)

LE GOUVERNEUR, au général.

Parle-t-on du soulèvement tartare, général?

LE GÉNÉRAL.

Oui, et peut-être plus qu'il ne conviendrait! Je ne serais pas étonné qu'au sortir du bal, ces deux reporters n'allassent exercer leur métier de chroniqueurs de l'autre côté de la frontière.

LE GOUVERNEUR.

Ils connaissent, sans aucun doute, cette grave nouvelle d'un soulèvement qui jette une moitié de l'Asie sur l'autre! — Le fil fonctionne toujours entre Moscou et Irkoutsk?

LE GÉNÉRAL.

Oui! Votre Excellence peut le réquisitionner pour le compte du gouvernement et l'interdire au public.

LE GOUVERNEUR.

C'est inutile. L'important était que le Grand-Duc, en ce moment à Irkoutsk, fût averti. Il sait que Féofar-Khan, l'émir de Bouckhara a soulevé les populations tartares, qu'à sa voix, elles ont envahi la Sibérie; mais il sait aussi, par notre dernier télégramme, que nos troupes des provinces du nord sont maintenant parties pour le secourir. Il sait le jour exact où cette armée arrivera en vue d'Irkoutsk, et où il devra faire une sortie générale pour écraser les Tartares!...

LE GÉNÉRAL.

Nos troupes auront facilement raison de ces hordes sauvages!

LE GOUVERNEUR.

Ce qui m'étonne, c'est que ce Féofar ait pu concevoir le plan de ce soulèvement et le mettre à exécution. Lorsqu'il a tenté une première fois d'envahir nos provinces sibériennes, il avait, pour le seconder, ce colonel Ivan Ogareff, qui, maintenant, expie sa trahison dans la citadelle de Polstock; mais, cette fois, le khan de Tartarie, livré à ses propres inspirations, n'a plus Ogareff auprès de lui... et je ne puis m'expliquer...

SCÈNE IV.

LES MÊMES, IVAN, SANGARRE, TSIGANES.

Ivan est sorti du salon et s'est approché du gouverneur. Sangarre et ses Tsiganes sont restées au fond. — Les reporters et les officiers causent avec elles.

IVAN, déguisé en vieux bohémien et parlant du ton le plus humble.

Monsieur le gouverneur... monseigneur...

LE GOUVERNEUR.

Qu'est-ce?... Ah! c'est toi, vieux bohémien! Que me veux-tu?

IVAN.

Je viens demander à Votre Excellence si elle est satisfaite des Tsiganes, auxquelles on a bien voulu réserver une place dans le programme de cette fête?

LE GOUVERNEUR.

Enchanté,... et j'aime à croire que, de ton côté, tu n'auras pas à te plaindre!... Bien rafraîchis, bien payés?...

IVAN.

Oui, monseigneur, oui!... Aussi, je ne voulais pas prendre congé de Votre Excellence, sans l'avoir humblement remerciée! Sangarre se joint à moi!...

LE GOUVERNEUR.

Sangarre?... Ah! cette belle fille que j'aperçois là?

IVAN, faisant signe à Sangarre de s'approcher.

Oui!... Sangarre est la véritable directrice de ces Tsiganes, Excellence!... A elle revient la meilleure part des compliments que vous avez daigné leur adresser! (Sangarre reste fièrement campée sans mot dire.)

LE GOUVERNEUR.

Elle ne parle pas le russe?

IVAN.

Hélas! non, monseigneur. Aussi, moi, le vieux bohémien, je suis leur factotum, j'organise les concerts, je traite pour les fêtes. Sans moi, la petite troupe serait souvent embarrassée. C'est même à ce propos que je venais solliciter une faveur de Votre Excellence...

LE GOUVERNEUR.

De quoi s'agit-il?...

IVAN.

C'est demain que finissent les fêtes en l'honneur du czar. Nous n'avons donc plus rien à faire ici, et notre intention est de repasser la frontière.

LE GOUVERNEUR.

Ah! vous voulez retourner en Sibérie?

IVAN.

C'est un peu notre pays... Excellence. Or, la frontière va être encombrée par tous ces marchands d'origine asiatique, qui retournent dans leurs provinces. On sera arrêté à chaque instant aux postes de police, et...

LE GOUVERNEUR.

Eh bien! n'as-tu pas un passeport en règle?

IVAN.

Sans doute, monseigneur; mais, Votre Excellence le sait mieux que moi, un passeport en règle, ça n'existe guère en Russie. Il y manque toujours quelque petite chose!... tandis que si Votre Excellence, qui a daigné se montrer satisfaite de nous, voulait bien m'en donner un... spécial, revêtu de sa signature..., avec ce précieux talisman, nul obstacle à redouter... et... je pourrais partir en avant, afin de préparer les étapes de notre troupe!

LE GOUVERNEUR.

Soit! Toi et les tiens, vous êtes de braves gens qui avez fait grand plaisir au Palais Neuf, et je ne refuse pas de vous être agréable.

IVAN.

Je baise humblement les mains de Votre Excellence.

LE GOUVERNEUR.

Et quand comptes-tu quitter Moscou?

IVAN.

Moi?... demain.. au lever du soleil, monseigneur, avant que les portes de la ville ne soient encombrées par les milliers d'étrangers qui vont partir.

LE GOUVERNEUR.

Eh bien! dis à cette belle fille, ta compagne, que rien ne retardera ton voyage, ni le sien. Je vais d'abord faire préparer ton passeport, et celui-là... sera bien en règle. (Le gouverneur sort par la gauche. Le général remonte vers les groupes d'invités.)

SCÈNE V.

IVAN, SANGARRE.

IVAN, se redressant après avoir regardé si personne ne l'observe.

Et dans quelques jours, j'aurai passé la frontière!

SANGARRE.

Et c'est alors, Ivan, que tu seras réellement libre.

IVAN.

Libre!... je le suis déjà, grâce à toi, qui m'as fait évader de la forteresse de Polstork, où le czar, que je hais, me retenait prisonnier! C'est par toi, par tes Tsiganes dévouées, que j'ai pu correspondre avec Féofar-Khan! C'est grâce à toi, enfin, que j'ai pu pénétrer dans le palais du gouverneur, et que je vais obtenir ce passeport, sans lequel je n'aurais jamais pu franchir la frontière pour aller rejoindre les armées de l'émir!... Sangarre, je ne l'oublierai pas.

SANGARRE.

Depuis le jour où tu m'as sauvée, pendant cette guerre de Khiva, depuis que le colonel Ivan Ogareff a ramené à la vie la Tsigane que les Russes venaient de knouter comme espionne, la Tsigane t'appartient corps et âme! Elle est devenue la mortelle ennemie de ces Russes qu'elle hait autant que tu les hais toi-même! Ivan, il n'y a plus rien de moscovite en toi! Que ton épaule saigne toujours à l'endroit où l'on a arraché l'épaulette comme mon épaule saignera toujours à l'endroit où le knout l'a déchirée!

IVAN.

Ne crains rien!... ma vengeance marchera de pair avec la tienne! ..

SANGARRE.

Ah! je la retrouverai cette Sibérienne,... cette Marfa Strogoff qui m'a dénoncée aux Russes!... Je la retrouverai, dussé-je aller la saisir jusque dans Kolyvan dont les Tartares vont bientôt s'emparer!...

IVAN.

Comme ils s'empareront d'Irkoutsk, conduits par moi à l'assaut de cette capitale! Ah! Grand-Duc maudit, en me cassant de mon grade, en me faisant emprisonner, tu as fait manquer ce premier soulèvement que j'avais organisé! Mais, je suis libre maintenant! Rien ne pourra sauver Irkoutsk, et là, tu périras, d'une mort infamante, sur les murs mêmes de la ville en flammes!

SANGARRE.

Oui, mais il faudrait éviter tout retard, et ce passeport promis par le gouverneur...

IVAN.

Dans cinq minutes je l'aurai, et je m'élancerai, d'un seul vol, de Moscou aux avant-postes de l'émir! Prends garde, on vient!...

SCÈNE VI.

LES MÊMES, LE GOUVERNEUR, puis UN AIDE DE CAMP.

Le gouverneur rentre par la gauche, tenant un passeport à la main.

LE GOUVERNEUR.

Tiens, es-tu content? Regarde. (Il remet le passeport à Ivan.)

IVAN, après avoir lu.

Ah! Excellence, avec un pareil permis, on passe partout! Il n'y manque plus...

LE GOUVERNEUR.

Que ma signature, et je vais à l'instant même... (Il s'approche de la table, s'assied et prend la plume. Un aide de camp entre.)

L'AIDE DE CAMP.

Un pli pour Son Excellence! (Il remet un pli cacheté. Le gouverneur le lit.)

SANGARRE, à Ivan.

Mais il ne signera donc pas!

IVAN, bas.

Patience!

LE GOUVERNEUR, au général qu'il emmène à gauche.

Général, nous parlions tout à l'heure du colonel Ivan Ogareff

SANGARRE, à part.

Ton nom!

IVAN, bas.

Tais-toi!

LE GOUVERNEUR.

Ce traître qui fut cassé de son grade et condamné à mort pour avoir fomenté, une fois déjà, le soulèvement des Tartares...

LE GÉNÉRAL.

Oui, Ogareff, dont l'empereur a commué la peine en une perpétuelle détention dans la forteresse de Polstock.

LE GOUVERNEUR.

Il s'est échappé récemment de sa prison. Voilà ce qu'on m'écrit du cabinet de Pétersbourg : *Ivan Ogareff s'est enfui!*... Il faut mettre toute notre police sur sa trace.

LE GÉNÉRAL.

Nous ferons très sévèrement garder la frontière que, sans passeport, il ne pourra franchir.

LE GOUVERNEUR, s'asseyant à la table et écrivant.

Que les ordres soient transmis sans retard. Il importe que le Grand-Duc soit prévenu au plus tôt, car cette lettre du ministre me marque que, d'après une correspondance, saisie depuis l'évasion d'Ivan Ogareff, le plan de ce traître serait de pénétrer dans Irkoutsk, et s'il y parvient, c'est la mort du Grand-Duc, objet de sa haine personnelle!

IVAN, à Sangarre.

Mais ils savent donc tout?... Allons... (S'approchant.) Excellence!

LE GOUVERNEUR.

Que me veut-on?... Qui ose se permettre?...

IVAN.

Pardon, monseigneur...

LE GOUVERNEUR.

Ah! c'est toi!... Eh bien!... Eh bien!... attends! (Il continue d'écrire.)

IVAN, bas.

Que va-t-il décider?

LE GOUVERNEUR, se levant. Au général.

Faites partir cette dépêche. Grâce à elle ce misérable ne passera pas la frontière, et toi... (Ivan s'incline.) tiens, voici ton permis... Personne n'entravera ta route!

IVAN, avec ironie.

Monseigneur, vous ne saurez jamais tout ce que je vous dois de reconnaissance!

LE GOUVERNEUR.

C'est bon, c'est bon!... Va!

IVAN, à part.

Viens, Sangarre... Libre maintenant, et bientôt vengé!

(Ivan, Sangarre et les Tsiganes sortent par la porte de gauche, en même temps que Jollivet et Blount entrent par la droite.)

SCÈNE VII.

LE GOUVERNEUR, LE GÉNÉRAL, JOLLIVET, BLOUNT, INVITÉS.

LE GOUVERNEUR, aux invités.

Eh bien, messieurs, n'entendez-vous pas l'orchestre qui vous appelle? Voulez-vous autoriser les journaux étrangers à dire qu'une fête donnée en l'honneur de Sa Majesté n'a pas duré jusqu'au jour? Nous avons là des correspondants qui, j'en suis sûr, notent nos moindres impressions!

JOLLIVET.

Monsieur le gouverneur, les reporters sont des curieux, mais non des indiscrets.

BLOUNT.

Curiousses toujours, indiscrètes jamais... les reporters anglais... jamais!

JOLLIVET.

D'ailleurs, en ce qui me concerne, je compte quitter Moscou après le bal, et je prie Votre Excellence de recevoir mes sincères remerciements.

BLOUNT.

Je priai de recevoir aussi les miennes... avant...

JOLLIVET, riant.

Oui, ceux de monsieur... avant, pour votre bienveillant accueil...

LE GOUVERNEUR.

Et de quel côté dirigez-vous vos pas, messieurs?

BLOUNT.

Moi... côté de Sibérie.

JOLLIVET.

Moi, de même!... Nous allons voyager ensemble, cher collègue!

BLOUNT.

Dans le même temps, oui... ensemblement... non!

JOLLIVET.

Toujours charmant, M. Blount!

LE GOUVERNEUR.

Bon, je comprends!... On a parlé d'un mouvement en Tartarie... Mais cela ne vaut pas la peine que vous vous dérangiez!

JOLLIVET.

Pardon, Excellence, mon métier est de tout voir...

BLOUNT.

Le mienne, de tout voir et de tout entendre... avant!

JOLLIVET.

Et mon journal... je veux dire... ma cousine, est très friande de ces nouvelles, dont elle recevra la primeur.

BLOUNT.

Le *Morning-Post* recevra...

JOLLIVET.

Avant?... Impossible, cher confrère... Les dames sont toujours servies les premières!

LE GOUVERNEUR.

En tous cas, messieurs, vous m'appartenez jusqu'au jour, et je veux qu'après avoir assisté à la fête officielle, vous assistiez, du haut de ce balcon, à la fête populaire qui va commencer à minuit.

JOLLIVET.

Soit, nous partirons demain!... Si vous me le permettez, je vous ferai une proposition, monsieur Blount! Nous sommes rivaux.

BLOUNT.

Ennemis, mister!

LE GOUVERNEUR, riant.

Ennemis!

JOLLIVET.

Ennemis, c'est convenu!... Mais, attendons, pour ouvrir les hostilités, que nous soyons sur le théâtre de la guerre... et une fois là, chacun pour soi, et Dieu pour...

BLOUNT.

Et Dieu pour moi.

JOLLIVET.

Et Dieu pour vous!.. Pour vous tout seul!... Très bien. Cela va-t-il?

BLOUNT.

Non!... cela ne allait pas!

JOLLIVET.

Alors, la guerre tout de suite... mais je suis bon prince. (Lui prenant le bras et l'emmenant à l'écart.) Je vous annonce, petit père, comme disent les Russes, que les Tartares ont descendu le cours de l'Irtyche.

BLOUNT.

Ah! vous pensez que les Tertères...

JOLLIVET, riant.

Et si je vous le dis, mon cher ennemi, c'est que j'en ai télégraphié la nouvelle à ma cousine, hier soir, à huit heures moins un quart! (Riant.) Ah! ah! ah!

BLOUNT.

Et moi, hier, je l'avais télégraphié au *Morning-Post*, à sept heures et demie... Ah! ah! ah!

JOLLIVET.

L'animal!... Je vous revaudrai ça, mon bon gros monsieur Blount!

BLOUNT.

Vous moquez-vous encore, monsieur?...

JOLLIVET.

Eh bien, non, mon bon petit monsieur Blount!... là!

BLOUNT.

Vous moquez toujours!

JOLLIVET.

Non...

BLOUNT, furieux.

Vous moquez, je vous dis!... Vous moquez, monsieur, vous êtes une mauvaise vilaine homme!... une méchante personnage!... vous êtes une... (Tranquillement.) Comment vous appelez une personne qui parle sans politesse?...

JOLLIVET.

Un impertinent.

BLOUNT, tranquillement.

Impertinente... Very well!... merci! (Reprenant un ton furieux.) Vous êtes une impertinente, entendez-vous!...

JOLLIVET.

Très bien!

BLOUNT.

Et si vous continouyez!...

JOLLIVET.

Et si je continouye?...

BLOUNT.

Je finissais un jour par touyer vous!

JOLLIVET.

Me touyer?... Comprends pas.

BLOUNT.

Oui!... touyer avec une épi...

JOLLIVET.

Un épi de blé?

BLOUNT.

Non... une épi ou une pistolette...

JOLLIVET.

Épée! On dit une épée... ou un pistolet.

BLOUNT.

Épée vous dites?

JOLLIVET.

Oui.

BLOUNT.

Et pistolet?

JOLLIVET.

Oui.

BLOUNT.

Oh! Very well, merci. (Avec colère.) Eh bien, je tuerai vous, avec une épi... épée ou un pistolet!

JOLLIVET.

A la bonne heure!... Vous faites des progrès, élève Blount!... Je suis content de vous!

BLOUNT.

Mister Jollivette.

JOLLIVET.

Jollivet, s'il vous plaît!... Jollivette est ridicule.

BLOUNT.

Alors, j'appelai vous toujours Jollivette. (Avec force.) Jollivette! .. Jollivette!... Jollivette!... Ah!...

LE GOUVERNEUR, rentrant.

Messieurs, j'entends les premiers accords de l'orchestre... C'est notre danse nationale.

JOLLIVET.

Nous sommes à la disposition de Votre Excellence.

(Tous deux entrent dans le salon. Au moment où le gouverneur et le général vont franchir la porte, l'aide de camp rentre précipitamment par la gauche.)

SCÈNE VIII.

LE GOUVERNEUR, LE GÉNÉRAL, L'AIDE DE CAMP.

L'AIDE DE CAMP, à demi-voix.

Excellence, le fil télégraphique de Moscou à Irkoutsk est coupé!

LE GOUVERNEUR.

Que me dites-vous-là?

L'AIDE DE CAMP.

Les dépêches s'arrêtent à Kolyvan, à mi-chemin de la route sibérienne, dont les Tartares sont les maîtres!

(Sur un signe du gouverneur, les portières retombent.)

LE GOUVERNEUR.

En sorte que la dépêche que nous avons transmise au Grand-Duc, celle qui désignait le jour où doit arriver, en vue d'Irkoutsk, l'armée de secours?...

L'AIDE DE CAMP.

Cette dépêche n'a pu parvenir à Son Altesse.

LE GOUVERNEUR.

Ainsi, les Tartares, maîtres de la route! La Sibérie orientale séparée du reste de l'empire moscovite! Le Grand-Duc, non prévenu du jour où il doit être secouru, où il doit opérer sa sortie!... Il faut à tout prix... (Au général.) Général, n'y a-t-il pas au palais une compagnie de courriers du czar?

LE GÉNÉRAL.

Oui, Excellence.

LE GOUVERNEUR, se mettant à écrire.

Connaissez-vous, dans cette compagnie, un homme qui puisse, à travers mille dangers, porter une lettre à Irkoutsk?

LE GÉNÉRAL.

Il en est un dont je répondrais à Votre Excellence, et qui a plusieurs fois rempli, avec succès, des missions difficiles.

LE GOUVERNEUR.

A l'étranger?

LE GÉNÉRAL.

En Sibérie même.

LE GOUVERNEUR.

Qu'il vienne. (Le général dit un mot à l'aide de camp qui sort par la droite.) Il a du sang-froid, de l'intelligence, du courage?...

LE GÉNÉRAL.

Il a tout ce qu'il faut pour réussir là où d'autres échoueraient.

LE GOUVERNEUR.

Son âge?

LE GÉNÉRAL.

Trente ans.

LE GOUVERNEUR

C'est un homme vigoureux?

LE GÉNÉRAL.

Il a déjà prouvé qu'il peut supporter jusqu'aux dernières limites le froid, la faim et la fatigue! Il a un corps de fer, un cœur d'or!

LE GOUVERNEUR.

Il se nomme?

LE GÉNÉRAL.

Michel Strogoff.

LE GOUVERNEUR.

Il faut que ce courrier arrive jusqu'au Grand-Duc, ou la Sibérie est perdue!

SCÈNE IX.

LES MÊMES, STROGOFF.

(Michel Strogoff entre, et reste immobile, militairement. Le gouverneur l'observe un moment sans parler.)

LE GOUVERNEUR.

Tu te nommes Michel Strogoff?

STROGOFF.

Oui, Excellence.

LE GOUVERNEUR.

Ton grade?

STROGOFF.

Capitaine au corps des courriers du czar.

LE GOUVERNEUR.

Tu connais la Sibérie?

STROGOFF.

Je suis né à Kolyvan.

LE GOUVERNEUR.

As-tu encore des parents dans cette ville?

STROGOFF.

Oui... ma mère!

LE GOUVERNEUR.

Tu ne l'as pas vue depuis?...

STROGOFF.

Depuis deux ans!... mais je viens d'obtenir un congé pour aller la revoir, et je vais partir.

LE GOUVERNEUR.

Il n'est plus question de congé! Il n'est plus question de ta mère! Je vais te remettre une lettre que je te charge, toi, Michel Strogoff, de porter au Grand-Duc, frère du czar.

STROGOFF.

Je porterai cette lettre.

LE GOUVERNEUR.

Le Grand-Duc est à Irkoutsk.

STROGOFF.

J'irai à Irkoutsk.

LE GOUVERNEUR.

Mais, tu ignores que le pays est envahi par les Tartares, qui auront intérêt à intercepter ta lettre, et il faudra traverser ce pays!

STROGOFF.

Je le traverserai.

LE GOUVERNEUR.

Passeras-tu par Kolyvan?

STROGOFF.

Oui, puisque c'est la route la plus directe.

LE GOUVERNEUR.

Mais, si tu vois ta mère, tu risques d'être reconnu!

STROGOFF.

Je ne la verrai pas.

LE GOUVERNEUR.

Tu seras pourvu d'argent et muni d'un passeport au nom de Nicolas Korpanoff, marchand sibérien. Ce passeport te permettra de réquérir les chevaux de poste. Il autorisera, en outre, Nicolas Korpanoff à se faire accompagner, s'il le juge à propos, d'une ou plusieurs personnes, et il sera respecté même dans le cas où tout gouverneur ou maître de police prétendrait entraver ton passage. Tu voyageras donc sous le nom de Korpanoff.

STROGOFF.

Oui, Excellence.

LE GOUVERNEUR.

Voici cette lettre de laquelle dépend, avec la vie du Grand-Duc, le salut de toute la Sibérie!

STROGOFF.

Elle sera remise à Son Altesse.

LE GOUVERNEUR.

Il se peut que dans quelque circonstance grave, désespérée, tu sois contraint de l'anéantir!... Il faut donc que tu saches ce qu'elle renferme, afin de pouvoir le redire au Grand-Duc, si tu arrives jusqu'à lui.

STROGOFF.

J'écoute.

LE GOUVERNEUR, lisant la lettre.

Le colonel Ivan Ogareff s'est enfui de la forteresse de Polstock. Il veut pénétrer dans Irkoutsk, et livrer la ville aux Tartares. Il importe donc de se défier de ce traître. Si, comme nous l'espérons, ce message arrive en temps utile à Son Altesse, le Grand-Duc est prévenu qu'une armée de secours sera en vue d'Irkoutsk le 24 septembre, et qu'une sortie générale, exécutée ce jour-là, écrasera les ennemis entre deux feux... (Il referme la lettre. A Strogoff.) Tu as entendu et tu te souviendras?

STROGOFF

J'ai entendu et je me souviendrai.

LE GOUVERNEUR.

Tu traverseras les lignes tartares! Tu passeras quand même!

STROGOFF.

Je passerai ou l'on me tuera.

LE GOUVERNEUR.

Le czar a besoin que tu vives!

STROGOFF.

Je vivrai.... et je passerai.

LE GOUVERNEUR.

Jure-moi que rien ne pourra te faire avouer, ni qui tu es, ni où tu vas!

STROGOFF.

Je le jure.

LE GOUVERNEUR.

Pars donc, et quand il s'agira de surmonter les plus grands obstacles, de braver les plus menaçants périls, redis-toi ces paroles sacrées : « Pour Dieu, pour le czar...

STROGOFF.

Pour la patrie! »

Strogoff sort par la droite, après avoir salué militairement.

Alors les portières se relèvent, les invités rentrent dans le salon.

LE GOUVERNEUR.

La fête populaire va commencer. Mesdames, prenez place à ce balcon.

(Tous se dirigent vers le balcon.)

DEUXIÈME TABLEAU.

Moscou illuminé.

Grand concours de monde sur la place que domine le balcon du palais.

BALLET.

TROISIÈME TABLEAU.

La Retraite aux flambeaux.

Retraite aux flambeaux avec les tambours, les fifres et les trompettes des chevaliers-gardes du régiment de Préobrajinski.

ACTE DEUXIÈME.

QUATRIÈME TABLEAU.

Le Relai de poste.

La scène représente la cour d'un relai de poste à la frontière. A droite la maison de relai qui est en même temps une auberge. A gauche la maison du maître de police. Au fond la grande route, qui va se perdre dans les montagnes.

SCÈNE I.

LE MAITRE DE POSTE, LE MAITRE DE POLICE, UN AGENT, VOYAGEURS.

Un certain nombre de voyageurs sont groupés dans la cour du relai.

L'HÔTELIER.

Les routes de l'Oural sont encombrées! C'est à peine si je peux fournir des chevaux!

PREMIER VOYAGEUR.

Et quels chevaux! Fourbus des quatre jambes!

L'AGENT.

Allons! Allons! les passeports! les passeports! On vous les rendra après qu'ils auront été visés!... (Il recueille les passeports des divers voyageurs et rentre à gauche.)

LE MAITRE DE POLICE

Il y a encombrement.

LE MAITRE DE POSTE.

Oui, monsieur le maître de police, et vous aurez fort à faire pour expédier tous ces gens-là,... presque autant que moi à leur fournir des chevaux! Il ne m'en reste plus qu'un au relai, et encore a-t-il fait cinquante verstes la nuit dernière!

LE MAITRE DE POLICE.

Un seul?

LE MAITRE DE POSTE.

Et il est retenu par un voyageur, arrivé il y a une heure.

LE MAITRE DE POLICE.

Quel est ce voyageur?

LE MAITRE DE POSTE.

Un marchand qui se rend à Irkoutsk!

LE MAITRE DE POLICE.

Je vais viser les passeports et donner la volée à tous ces gens-là!... (Il rentre dans la maison à gauche.)

LE MAITRE DE POSTE.

On aurait cent chevaux dans les écuries qu'on ne pourrait suffire à tout!

SCÈNE II.

LE MAITRE DE POSTE, STROGOFF.

STROGOFF.

Le cheval que j'ai retenu?

LE MAITRE DE POSTE.

On le fait manger et boire.

STROGOFF.

Il faut que, dans une demi-heure, il soit attelé à mon tarentass.

LE MAITRE DE POSTE.

Il le sera. Tu seras en règle avec le maître de police?

STROGOFF.

Oui!

LE MAITRE DE POSTE.

Tu peux lui faire remettre ton passeport d'avance! Il le visera avec les autres.

STROGOFF.

Non! je le ferai viser moi-même.

LE MAITRE DE POSTE.

Comme tu voudras, petit père.

STROGOFF.

Une bouteille de kwass.

LE MAITRE DE POSTE.

A l'instant !

(Strogoff s'asseoit près d'une table à droite, et le maître de poste sort.)

SCÈNE III.

LES MÊMES, JOLLIVET.

(Jollivet entre en scène par le fond. Il est exténué, et porte une valise de chaque main.)

JOLLIVET.

Ouf!.. Cent pas de plus et j'abandonnais mes valises sur la grande route... surtout celle-ci qui n'est pas à moi! (Il dépose une des valises dans un coin, garde l'autre et va s'asseoir devant la table, en face de Strogoff.) Excusez-moi, monsieur... Eh! mais, je vous reconnais... Vous êtes?...

STROGOFF.

Nicolas Korpanoff, marchand.

JOLLIVET.

Marchand... marchant comme l'éclair!.. C'est bien vous qui m'avez dépassé, il y a deux heures, sur la route! Nous étions, vous en tarentass, et moi en télègue,... ou plutôt je n'y étais plus, et une petite place dans votre voiture aurait joliment fait mon affaire, car je me trouvais en pleine détresse!

STROGOFF.

Pardon,... monsieur?...

JOLLIVET.

Alcide Jollivet, correspondant de journaux français, en quête de chroniques!...

STROGOFF.

Eh bien, monsieur Jollivet, je regrette vivement de ne pas vous avoir aperçu! Entre voyageurs, on se doit de ces petits services.

JOLLIVET.

On se doit, mais on ne se paye pas toujours. J'ai fait vingt verstes à pied, et je l'ai mérité! Une mauvaise action ne profite jamais! Le ciel m'a puni en m'inspirant la pensée de prendre une télègue au lieu d'un tarentass.

(Le maître de poste rentre apportant un broc et des verres.)

STROGOFF.

Un verre de bière, monsieur?

JOLLIVET.

Volontiers.

LE MAITRE DE POSTE, à Jollivet.

Dois-je vous garder une chambre et prendre vos valises?

JOLLIVET.

Pas celle-là!.. Elle n'est pas à moi.

LE MAITRE DE POSTE.

A qui donc?

JOLLIVET.

A mon ennemi intime, mon confrère Blount, qui doit, en ce moment, courir après moi!.. Mais j'espère bien être parti avant qu'il n'arrive au relai!.. A propos, une voiture et des chevaux dans une heure!

LE MAITRE DE POSTE.

Il n'y a plus ni chevaux, ni voiture disponibles!

JOLLIVET.

Bon! Il ne manquait plus que cela! Eh bien, gardez-moi les premiers qui rentreront au relai!

LE MAITRE DE POSTE.

C'est entendu!... mais ce ne sera pas avant demain. Je vais vous retenir une chambre.

JOLLIVET, au maître de poste qui rentre à droite.

Oui!... Heureusement, j'ai une belle avance sur Blount!

STROGOFF.

Votre ennemi?

JOLLIVET.

Mon ennemi, mon rival! Un reporter anglais, qui veut me devancer sur la route d'Irkoutsk, et défraîchir mes nouvelles! Figurez-vous, monsieur Korpanoff, que je n'ai trouvé que ce moyen pour le distancer, lui voler sa voiture, qui était tout attelée, quand je suis arrivé au relai! Il n'y en avait pas d'autre, et pendant qu'il réglait sa note, j'ai glissé un paquet de roubles dans la poche de son cocher, — disons son iemskik, pour faire un peu de couleur locale,... et en route!... Naturellement, j'emportais la valise de mon Anglais, mais je la lui renverrai intacte!... Ah! par exemple, il n'y a que sa voiture que je ne pourrai pas lui renvoyer!

STROGOFF.

Pourquoi donc?

JOLLIVET.

Parce que c'est... ou plutôt c'était une télègue! Vous savez, une télègue... une voiture à quatre roues?...

STROGOFF.

Parfaitement!... Mais je ne comprends pas...

JOLLIVET.

Vous allez comprendre. Nous partons... mon iemskik sur le siège de devant et moi sur le banc d'arrière! Trois bons chevaux dans les brancards! Nous filons comme l'ouragan! A peine s'il est nécessaire de stimuler du bout du fouet nos trois excellentes bêtes! De temps à autre seulement, quelques bonnes paroles jetées par mon iemskik! Hardi, mes colombes!... Volez, mes doux agneaux! Houp, mon petit père de gauche!... Enfin l'attelage tirait, tant et si bien que, la nuit dernière, un fort cahot se produit... crac! les deux trains de la voiture s'étaient séparés... et mon iemskik... sans entendre mes cris, continuait à courir sur le train de devant, tandis que je restais en détresse sur le train de derrière! Et voilà comment je dus faire vingt verstes à pied, ma valise d'une main, celle de l'Anglais de l'autre, et voilà pourquoi je ne pourrai lui renvoyer qu'une demi-voiture!

LE MAITRE DE POSTE, rentrant.

Votre chambre est prête, monsieur.

JOLLIVET, se dirigeant vers la porte.

C'est bien... Au revoir, monsieur Korpanoff.

STROGOFF.

Au revoir, monsieur.

JOLLIVET, revenant.

Ah! j'ai trouvé!

STROGOFF.

Qui donc?

JOLLIVET.

La véritable définition de la télègue!... Ce sera le mot de la fin de ma prochaine chronique! (Écrivant sur son carnet.) « *Télègue, voiture russe... à quatre roues quand elle part,... et à deux quand elle arrive!...* » Au revoir, monsieur Korpanoff! (Il entre à droite.)

STROGOFF, se levant.

Au revoir, monsieur. Un joyeux compagnon, ce Français!

SCÈNE IV.

STROGOFF, NADIA.

(Nadia arrive, à droite, par la grande route. Elle est épuisée et tombe à demi sur un banc, à gauche.)

NADIA.

La fatigue m'accable!... Impossible d'aller plus loin... (Essayant de se lever.) Monsieur..., monsieur!...

STROGOFF, se retournant.

C'est à moi que vous parlez, mon enfant?... (A part.) La charmante jeune fille!

NADIA.

Pardonnez-moi... Je voulais vous demander... Où sommes-nous ici?

STROGOFF.

Nous sommes à la frontière, et là est la maison de police...

NADIA.

Où se délivrent les visas pour passer en Sibérie?

STROGOFF.

Oui, et de ce côté, le relai de poste.

NADIA, se levant.

Le relai de poste... Je vais d'abord m'assurer...

STROGOFF.

C'est inutile, mon enfant. Il n'y a plus ni chevaux, ni voitures, et bien des heures s'écouleront avant que le maître de poste puisse en tenir à votre disposition.

NADIA.

Eh bien, j'irai à pied, alors!...

STROGOFF.

A pied!...

NADIA.

Une charrette m'a amenée à quelques verstes de ce relai, et, pour aller plus loin, Dieu ne m'abandonnera pas!

STROGOFF, à part.

Pauvre enfant! (Haut.) D'où venez-vous ainsi?

NADIA.

De Riga.

STROGOFF.

Et vous allez?...

NADIA.

A Irkoutsk!

STROGOFF.

A Irkoutsk!... Seule... vous allez sans ami, sans guide, accomplir un aussi long, un aussi pénible voyage!

NADIA.

Je n'ai personne pour m'accompagner. De toute ma famille, il ne me reste que mon père que je vais rejoindre en Sibérie.

STROGOFF.

A Irkoutsk, avez-vous dit! Mais c'est quinze cents verstes à faire!

NADIA.

Oui!... C'est là que, pour un délit politique, mon père a été exilé, il y a deux ans. Jusqu'alors, à Riga, nous avions vécu heureux tous trois, lui, ma mère et moi, dans notre humble maison, ne demandant à Dieu que d'y rester toujours, puisqu'il l'avait emplie de bonheur... Mais l'épreuve allait venir! Mon père fut arrêté, et, malgré les supplications de ma mère malade, malgré mes prières, il fut arraché de sa demeure et entraîné au delà de la frontière. Hélas! ma mère ne devait plus le revoir! Cette séparation aggrava sa maladie!... Quelques mois après, elle s'éteignait, et sa dernière pensée fut que j'allais être seule au monde!

STROGOFF.

Malheureuse enfant!...

NADIA.

J'étais seule, en effet, dans cette ville, sans parents, sans amis! Je demandai alors et j'obtins l'autorisation d'aller retrouver le pauvre exilé au fond de la Sibérie. Je lui ai écrit que je partais!... Il m'attend. Après avoir réuni le peu dont je pouvais disposer, j'ai quitté Riga, et me voici maintenant sur la route que mon père a suivie deux années avant moi!

STROGOFF.

Mais il vous faudra traverser les montagnes de l'Oural, qui ont été funestes à tant de voyageurs!

NADIA.

Je le sais.

STROGOFF.

Et après l'Oural, les interminables steppes de la Sibérie! Ce sont d'écrasantes fatigues à subir, de terribles dangers à affronter!

NADIA.

Vous avez subi ces fatigues?... Vous avez affronté ces dangers?

STROGOFF.

Oui, mais je suis un homme... j'ai mon énergie, mon courage.

NADIA.

Moi, j'ai pour me soutenir l'espérance et la prière!

STROGOFF.

Ne savez-vous pas que le pays est envahi par les Tartares?

NADIA.

L'invasion n'était pas connue, quand j'ai quitté Riga. C'est à Nijni seulement que j'ai appris cette funeste nouvelle!

STROGOFF.

Et, malgré cela, vous avez continué votre route?

NADIA.

Pourquoi vous-même avez-vous déjà traversé l'Oural?

STROGOFF.

Pour aller revoir et embrasser ma mère, une vaillante Sibérienne qui demeure à Kolyvan!

NADIA.

Eh bien, moi, je vais revoir et embrasser mon père! Vous faisiez votre devoir, je fais le mien, et le devoir est tout.

STROGOFF.

Oui!... tout!... (A part.) Cette jeune fille, si belle... seule... sans défenseur!... (A Nadia qui se dirige vers la gauche.) Où allez-vous?

NADIA.

Je vais faire viser mon permis! Des retards sont toujours à craindre, et si je ne partais pas aujourd'hui, qui sait si je pourrais partir demain!

STROGOFF.

Attendez donc. Il faut que, moi aussi, je fasse viser le mien. Peut-être obtiendrai-je du maître de police qu'il consente à vous expédier plus promptement, avant que la cloche ne rassemble tous les voyageurs qui attendent. Venez donc!... Nous sommes destinés, sans doute, à ne jamais nous revoir, mais je penserai souvent à vous, et je voudrais savoir votre nom.

NADIA.

Nadia Fédor.

STROGOFF.

Nadia.

NADIA.

Et le vôtre?...

STROGOFF.

Moi... je... je m'appelle Nicolas Korpanoff.

(Ils entrent au bureau de police.)

SCÈNE V.

BLOUNT, LE MAÎTRE DE POSTE.

(Blount, couvert de poussière, la tête enveloppée d'un voile à la mode anglaise, et monté sur un âne, arrive au fond par la grande route. Il entre dans la cour.)

BLOUNT, au fond et appelant.

Mister hôtelière! mister hôtelière! (Descendant sur le devant.) Dans quel déploreble situéchion nous étions, cette pauvre hâne et moi!... Impossibel de continouyer notre voyage! — (Appelant.) Mister hôtelière!... J'avais été forcé de prendre cette malheureuse animèle, parce qu'on avait volé mon voiture et mon chivaux!... Et nous avons fait une si longue trajette, nous étions si fatigués toutes les deux, que lui ne pouvait plus porter moi, et que moi je pouvais plus descendre de lui!... (Appelant.) Mister hôtelière... Nous étions collés ensemble, et ce hâne et moi, nous ne faisions plus qu'une seule ani... Non!... une seul person... (Appelant plus fort.) Mister hôtel... J'avais un grand mal de reins... C'était une cour... une courbé.... — (S'adressant à l'âne.) Comment vous appelez... Oh! non... il ne sait pas... une courbétioure... Mais je pouvais pourtant pas rester toujours sur lui... (Appelant très fort.) Mister hôtelière... mister hôtelière!...

LE MAÎTRE DE POSTE, entrant, suivi d'un garçon.

Tiens!... un voyageur?

BLOUNT.

Yes!.. Une voyageur abandonné toute seule!

LE MAÎTRE DE POSTE.

Pourquoi n'appeliez-vous pas, monsieur?

BLOUNT, très outré.

Pourquoi je appelai pas?... Mais je criai plus qu'une heure: mister hôtelière!

LE MAÎTRE DE POSTE.

Ah! je vais vous dire: c'est que j'étais occupé en ma qualité de maître de poste pour vous servir.

BLOUNT.

Oh! very well... Alors, mister maître de poste, aidez à moi, pour descendre une peu.

LE MAÎTRE DE POSTE.

Voilà, monsieur, voilà! (Il le fait descendre non sans peine et avec toutes sortes de précautions.)

BLOUNT.

All right... merci!..

LE MAÎTRE DE POSTE.

Faut-il faire bassiner un lit?

BLOUNT, *étonné et regardant l'âne.*

Qu'est-ce que vous dites? bassiner un lit pour... (*A lui-même.*) bassiner une lit?

LE MAÎTRE DE POSTE.

Un lit pour vous, monsieur, car je suis aussi hôtelier

BLOUNT.

Oh! very well, une lit pour moi, et...

LE MAÎTRE DE POSTE, *montrant l'âne.*

Et une litière pour lui?

BLOUNT, *riant.*

Yes. Maintenant, je voulai déjeuner d'abord. Ensuite vous donner à moi une voiture et une chivau. (*Il entraîne son âne que le garçon emmène.*)

LE MAÎTRE DE POSTE

Il n'en reste plus, monsieur.

BLOUNT.

Vous avez pas des chivaux?

LE MAÎTRE DE POSTE.

Pas avant demain ou après-demain.

BLOUNT.

Oh! si je tenais celui qui avait volé moi!

LE MAÎTRE DE POSTE.

On vous a volé, monsieur?

BLOUNT.

Yes, mon voiture et mon valise... et si je découvrais mon coquine de voleur...

LE MAÎTRE DE POSTE.

Que désire monsieur pour son déjeuner?

BLOUNT.

Vous servez à moi, là, sur ce table, vous servez... (*Cherchant.*) vous servez... beefsteack, stockfish, côtelettes de mottonn, poum de terre, plumpudding, ale, porter et clarette... Vous avez bien entendu?

LE MAÎTRE DE POSTE.

J'ai très bien entendu. Monsieur a dit: beefsteack, stockfish, côtelettes...

BLOUNT.

Poum de terre, plumpudding, ale, porter et clarette!

LE MAÎTRE DE POSTE.

Mais... c'est que nous n'avons rien de tout cela, monsieur!

BLOUNT.

Vous avez rien, et vous faites dire à moi ce que je préférais!

LE MAÎTRE DE POSTE.

Je puis offrir à monsieur du koulbat

BLOUNT.

Quelle est cette chose... koulbat?

LE MAÎTRE DE POSTE.

Un pâté fait avec de la viande pilée et des œufs.

BLOUNT, *notant sur son carnet.*

Oh! very well, koulbat... vous écrivez cela: *C,o,u,l* ...

LE MAÎTRE DE POSTE.

Non, non, par un K.

BLOUNT, *étonné.*

Oh! per oune K!... et c'était bonne tout de même!

LE MAÎTRE DE POSTE.

Excellent!

BLOUNT.

Alors, servez koulbat. Et vous avez encore?

LE MAÎTRE DE POSTE.

Du kwass.

BLOUNT.

Kvass... Vous écrivez: *C,v,a*...

LE MAÎTRE DE POSTE.

Non, par un *K!*

BLOUNT.

Encore une *K?*

LE MAÎTRE DE POSTE

Du caviar.

BLOUNT.

Par une K... toujours?

LE MAÎTRE DE POSTE.

Non, par un *C*.

BLOUNT.

Per oune *C* à présent! Et c'était toujours bonne tout...

LE MAÎTRE DE POSTE, *riant.*

Et c'est très bon tout de même...

BLOUNT, *très sérieux.*

Oh! vous êtes une joyeuse hôtelière... Vous avez une chambre pour le toilette à moi?

LE MAÎTRE DE POSTE.

On va la préparer.

BLOUNT.

Attendez, attendez... Je payais d'avance pour être bien sûr.

LE MAÎTRE DE POSTE.

Comme vous voudrez.

BLOUNT.

Combien?

LE MAÎTRE DE POSTE.

Deux roubles pour le déjeuner, deux roubles pour la chambre.

BLOUNT.

Voilà! — Ah! mon bâne! Faites bouchonner, manger et buver lui. Je reprenai lui jusqu'au prochain relai. (*En ce moment, Blount, qui s'est dirigé vers l'auberge, se trouve devant la valise qui a été déposée par Jollivet.*) Aoh!

LE MAÎTRE DE POSTE.

Qu'est-ce donc?

BLOUNT.

Ce vélise, mister, ce vélise!

LE MAÎTRE DE POSTE.

Elle appartient à un voyageur qui l'a déposée là en arrivant.

BLOUNT.

Mais c'était le mienne!...

LE MAÎTRE DE POSTE.

La vôtre?

BLOUNT.

Et cette voyageur?...

LE MAÎTRE DE POSTE.

Le voilà, monsieur.

SCÈNE VI

LES MÊMES, JOLLIVET.

JOLLIVET, *sortant de la maison.*

Blount, mon ennemi!...

BLOUNT, *furieux.*

Ce vélise, monsieur, ce vélise!..

JOLLIVET, *tranquillement.*

Elle est à vous, monsieur Blount. Ah! j'ai eu assez de mal à la porter!

BLOUNT.

A l'emporter, vous voulez dire!

JOLLIVET.

Oh! une erreur! J'allais vous la renvoyer par la petite vitesse!

BLOUNT, *furieux.*

Petite vitesse!... Mister...

JOLLIVET, *à part.*

Dieu que c'est beau, un Anglais furieux!

BLOUNT.

Et le voiture, monsieur?...

JOLLIVET.

J'allais vous en renvoyer la moitié!

BLOUNT.

Le moitié?

JOLLIVET.

L'autre court encore!

BLOUNT.

Ah! c'est comme ça, mister. Eh bien, je ferai un procès à vous!...

JOLLIVET.

Un procès!... me faire un procès,... en Russie!... Mais vous ne connaissez donc pas l'histoire de cette nourrice qui réclamait des gages pour la nourriture de son nourrisson qu'elle rendait à ses parents?...

BLOUNT, *hors de lui.*

Je connais pas!...

JOLLIVET.

Eh bien, le nourrisson, qui avait dix mois, lorsqu'on entama le procès... était colonel, lorsqu'il fut jugé... Ainsi je vous engage à ne pas plaider contre moi!...

LE MAÎTRE DE POSTE, entrant, à ...

Votre chambre est prête, monsieur.

BLOUNT.

Je vais faire mon toilette, et je revenai régler ma compte avec vous, mister !

JOLLIVET.

Je suis tout prêt à vous rembourser, monsieur.

BLOUNT.

Non, pas avec argent... Vous payer autrement, mister Jollivette.

JOLLIVET.

Jollivet, s'il vous plaît.

BLOUNT, avec colère.

Jollivette! Jollivette! Jollivette! (Il sort.)

SCÈNE VII.

LE MAÎTRE DE POSTE, JOLLIVET.

(Le maître de poste commence à servir le déjeuner de Blount.)

LE MAÎTRE DE POSTE

Il s'en va furieux, le gentleman.

JOLLIVET.

Et il reviendra de même!... Il y a de quoi!... A sa place, je serais hors de moi!... (Au maître de poste.) Qu'est-ce que vous servez donc là!...

LE MAÎTRE DE POSTE.

Le déjeuner du gentleman.

JOLLIVET.

Ah! c'est son déjeuner... cela a l'air d'être bon. (Il s'asseoit à la table.)

LE MAÎTRE DE POSTE.

Permettez, monsieur, je vous l'ai dit. C'est le déjeuner du gentleman!

JOLLIVET.

Eh bien?... (Il se met à manger.)

LE MAÎTRE DE POSTE

Mais, monsieur, il a payé d'avance.

JOLLIVET.

Ah! il a payé d'avance. Alors vous ne risquez plus rien!...

LE MAÎTRE DE POSTE.

Mais le gentleman?

JOLLIVET.

Nous sommes en compte... C'est très bon!

LE MAÎTRE DE POSTE.

Mais monsieur, monsieur!...

JOLLIVET, mangeant.

Soyez donc tranquille, je me charge de tout. Décidément, vous cuisinez très bien, mon cher.

LE MAÎTRE DE POSTE, flatté.

Merci du compliment, monsieur.

JOLLIVET.

Ah! c'est que nous sommes connaisseurs en cuisine, nous autres Français.

LE MAÎTRE DE POSTE.

Oui, oui, de grands connaisseurs!

JOLLIVET, mangeant.

Et la vôtre, mon cher, est exquise!

LE MAÎTRE DE POSTE.

Exquise... en vérité?... Vous trouvez cela?

JOLLIVET.

Exquise, vous dis-je!

LE MAÎTRE DE POSTE.

Eh bien, si monsieur veut goûter ceci... je crois qu'il le trouvera encore meilleur. (Il lui présente un second plat.)

JOLLIVET.

Excellent, en effet... c'est fin, c'est délicat, c'est...

LE MAÎTRE DE POSTE, présentant un troisième plat.

Vous me direz encore ce que vous pensez de celui-ci.

JOLLIVET, riant.

Avec plaisir... Mais, dites donc... Eh bien, et le gentleman?...

LE MAÎTRE DE POSTE.

Tiens, c'est vrai!... j'oubliais que c'est son déjeuner... Ah! bah!.. tant pis.

JOLLIVET.

A propos, que dit-on des Tartares?

LE MAÎTRE DE POSTE.

Que le pays est envahi tout entier, et que les troupes russes du Nord ne seront pas en force pour les repousser... On s'attend à une bataille avant deux jours.

JOLLIVET.

De quel côté?

LE MAÎTRE DE POSTE.

Près de Kolyvan.

SCÈNE VIII.

LES MÊMES, BLOUNT.

(A ce moment, Blount sort de la maison de poste.)

BLOUNT.

Aoh! mon toilette était faite... je mourais de faim... je... (Voyant Jollivet.) Aoh!

JOLLIVET.

A votre santé, monsieur Blount.

BLOUNT, au maître de poste.

Et ma déjeuner? Vous avez donc pas servi ma déjeuner?

JOLLIVET, montrant les plats vides.

Si fait, il est servi, monsieur Blount, et voilà ce qu'il en reste!

BLOUNT.

Alors, c'était ma déjeuner que vous aviez mangé?

JOLLIVET.

Il était excellent.

BLOUNT.

C'était ma koulbat?

JOLLIVET.

Exquis, le koulbat!

BLOUNT.

Vous me rendez raison ici même!...

JOLLIVET.

Non, pas ici..., plus tard, après la bataille qui va avoir lieu et dont je tiens à rendre compte à ma cousine Madeleine.

BLOUNT, étonné.

La bataille?

JOLLIVET.

Apprenez, cher confrère, que les armées russes et tartares vont se rencontrer dans deux jours.

BLOUNT.

Ah! très bièn!... Attendez un minute... (Écrivant.) « *Rencontre prochain des armées ennemies...* » Continouyez, mister!... je tourai vous après.

JOLLIVET.

Merci... *Cette bataille aura lieu à Kolyvan.*

BLOUNT, écrivant.

« *A Kolyvan* » Kolyvan... per une K?

JOLLIVET.

Par oune K?... oui.

BLOUNT.

Well, merci... C'était à l'épée, n'est-ce pas?...

JOLLIVET.

La bataille?

BLOUNT.

Notre douel. Mais je voulais être généreuse, et puisque vous donnez à moi une renseignement pour mon journal, je laissai à vous le choix des armes.

JOLLIVET

Du tout, du tout, je ne veux pas de faveur. Quelle est l'arme que vous préférez?

BLOUNT.

L'épée, mister.

JOLLIVET.

Très bien!.. Moi, j'aime mieux le pistolet. Alors nous choisissons l'épée pour vous, le pistolet pour moi, et nous nous battrons à quinze pas.

BLOUNT.

Yes! comment vous arrangez cette chose. Vous disiez : une épée...

JOLLIVET.

Une épée pour vous...

BLOUNT.

Et une pistolet?...

JOLLIVET.

Le pistolet pour moi,... et nous nous battons à quinze pas... (Il éclate de rire.)

BLOUNT.

Mais vous moquez encore, mister Jollivet?

JOLLIVET.

Croyez-moi, petit père, rendons-nous d'abord à Kolyvan, et nous nous battrons, quand nous aurons informé nos correspondants de l'issue de la bataille.

BLOUNT.

Yes!... Je attendrai vous là-bas.

JOLLIVET.

Si vous y arrivez avant moi!... ce dont je doute un peu!

SCÈNE IX.

LES MÊMES, NADIA, LE MAÎTRE DE POLICE, VOYAGEURS, UN AGENT.

(La cloche sonne en ce moment, et tous les voyageurs accourent. Nadia sort de la maison de police, tenant son permis à la main.)

L'AGENT, criant.

Les passeports, les passeports...

PREMIER VOYAGEUR.

On dit les nouvelles bien mauvaises, et le moindre retard nous perdrait!

(L'agent distribue les passeports.)

NADIA.

J'irai à pied jusqu'au prochain relai.

(Au moment où les voyageurs vont quitter la cour, coup de trompette. Des Cosaques paraissent sur la route et ferment toute issue. Le maître de police sort de la maison, à gauche, et s'arrête sur les marches de la porte. Un des Cosaques lui remet un pli. Un roulement de tambour se fait entendre.)

LE MAÎTRE DE POLICE.

Silence! Écoutez tous! (Lisant.) « Par arrêté du gouverneur de Moscou, défense à tout sujet russe, et sous quelque prétexte que ce soit, de passer la frontière. »

(Cri de désappointement dans la foule.)

NADIA.

Mon Dieu! que dit-il?

JOLLIVET, à Blount.

Cela ne nous regarde pas!...

BLOUNT.

Je passai toujours, moi.

NADIA, au maître de police.

Monsieur... monsieur... mon passeport est en règle, je puis passer, n'est-il pas vrai?

LE MAÎTRE DE POLICE.

Vous êtes Russe... C'est impossible.

NADIA.

Monsieur... Je vais rejoindre mon père à Irkoutsk!... Il m'attend!... Chaque jour de retard, c'est un jour de douleur pour lui!... Il me sait partie!... Il peut me croire perdue dans ce pays soulevé, au milieu de l'invasion tartare!... Laissez-moi passer, je vous en conjure!... Que peut faire au gouverneur qu'une pauvre fille comme moi se jette dans la steppe!... Si j'étais partie il y a une heure, personne ne m'eût arrêtée!... Par pitié, monsieur, par pitié!

LE MAÎTRE DE POLICE.

Prières inutiles. L'ordre est formel. (Aux Cosaques.) Placez-vous à l'entrée de la route, et, à moins d'un permis spécial, que personne ne passe.

NADIA, se traînant à ses pieds.

Monsieur!... monsieur!... Je vous en conjure, à mains jointes et à genoux, ayez pitié!... Ne nous condamnez pas, mon père et moi, à mourir désespérés et si loin l'un de l'autre!...

BLOUNT.

Oh! j'étais très ému...

(A ce moment, Strogoff sort de la maison de police.)

SCÈNE X.

LES MÊMES, STROGOFF.

STROGOFF, allant à Nadia.

Pourquoi ces supplications et ces larmes, Nadia?... Qu'importe que ton passeport soit valable ou non,... puisque nous avons le mien qui est en règle.

NADIA, à part.

Que dit-il?

STROGOFF, montrant son permis au maître de police.

Et personne, entendez-vous, personne n'a le droit de nous empêcher de partir!

NADIA, avec joie.

Ah!

LE MAÎTRE DE POLICE.

Votre permis?...

STROGOFF.

Signé par le gouverneur général lui-même... Droit de passer partout, quelles que soient les circonstances, et sans que nul puisse s'y opposer!...

(Le tarentass est amené au fond sur la route.)

LE MAÎTRE DE POLICE.

Vous avez en effet le droit de passer... Mais elle...

STROGOFF, montrant le permis.

Autorisation d'être accompagné... Eh bien! quoi de plus naturel que... ma sœur m'accompagne!

LE MAÎTRE DE POLICE.

Votre?...

STROGOFF, tendant la main à Nadia.

Oui, ma sœur... Viens, Nadia.

NADIA, la saisissant.

Je te suis, frère!

BLOUNT.

Très fier... cette marchande!...

JOLLIVET.

Et très énergique... ami Blount.

BLOUNT.

Je n'étais pas votre ami, mister Jollivette.

JOLLIVET.

Jollivet!

BLOUNT.

Jollivette! Jollivette... for ever!

SCÈNE XI.

LES MÊMES, IVAN.

(Ivan est revêtu d'un uniforme militaire russe, en petite tenue, comme un officier qui voyage.)

IVAN, au maître de police.

Permis spécial! (Il lui montre son permis.)

LE MAÎTRE DE POLICE.

Encore un signé par le gouverneur lui-même!

IVAN.

Un cheval!

LE MAÎTRE DE POSTE.

Il n'y en a plus.

JOLLIVET.

S'il y en avait...

BLOUNT, à Jollivet.

J'aurais retenu eux, d'abord.

JOLLIVET.

Et je vous les aurais pris, ensuite.

(Blount lui tourne le dos avec colère.)

IVAN.

A qui ce tarentass?

LE MAÎTRE DE POSTE, mon Strogoff.

A ce voyageur.

IVAN, à Strogoff.

Camarade, j'ai besoin de ta voiture et de ton cheval.

JOLLIVET, à part.

Il est sans gêne, ce monsieur...

STROGOFF.

Ce cheval est retenu par moi et pour moi. Je ne puis, ni ne veux le céder à personne.

IVAN.

Il me le faut, te dis-je?

STROGOFF.

Et je vous dis que vous ne l'aurez pas.

IVAN.

Prends garde!... Je suis homme à m'en emparer... fût-ce...

STROGOFF, avec colère.

Fût-ce malgré moi?

IVAN.

Oui... malgré toi... Pour la dernière fois, veux-tu me céder ce cheval et cette voiture

STROGOFF.

Non! vous dis-je, non!

IVAN.

Non? Eh bien, ils seront à celui de nous deux qui saura les garder!

NADIA.

Mon Dieu!

IVAN, tirant son épée.

Qu'on donne un sabre à cet homme et qu'il se défende!

STROGOFF, avec force.

Eh bien!... (A part.) Un duel!... et ma mission, si je suis blessé!... (Haut et se croisant les bras.) Je ne me battrai pas!

IVAN, avec colère.

Tu ne te battras pas?

STROGOFF.

Non!... et vous n'aurez pas mon cheval!

IVAN, avec plus de force.

Tu ne te battras pas, dis-tu?

STROGOFF.

Non.

IVAN.

Non... même après ceci. (Il le frappe d'un coup de fouet.) Eh bien, te battras-tu, lâche?

STROGOFF, s'élançant sur Ivan

Miséra... (S'arrêtant et se maîtrisant.) Je ne me battrai pas!

TOUS

Ah!

IVAN.

Tu subiras cette honte sans te venger?

STROGOFF.

Je la subirai... (A part.) Pour Dieu... pour le czar... pour la patrie!

IVAN.

Allons! à moi ton cheval! (Il saute dans le tarentass.) (A l'hôtelier.) Paye-toi! (Le tarentass sort par la gauche.)

LE MAÎTRE DE POSTE.

Merci, Excellence.

JOLLIVET.

Je n'aurais pas cru qu'il dévorerait une pareille honte!

BLOUNT.

Aoh! je sentais bouillir mon sang dans mon veine.

SCÈNE XII

LES MÊMES, moins IVAN.

STROGOFF.

Oh! cet homme... Je le retrouverai. (A l'hôtelier.) Quel est cet homme?

LE MAÎTRE DE POSTE.

Je ne le connais pas... mais c'est un seigneur qui sait se faire respecter!

STROGOFF, bondissant.

Tu te permets de me juger!

LE MAÎTRE DE POSTE.

Oui, car il est des choses qu'un homme de cœur ne reçoit jamais sans les rendre!

STROGOFF, saisissant le maître de poste avec violence.

Malheureux!... (Froidement.) Va-t'en, mon ami, va-t'en, je te tuerais!...

LE MAÎTRE DE POSTE.

Eh bien, vrai, je t'aime mieux ainsi!

JOLLIVET.

Moi aussi!... Le courage a-t-il donc ses heures!

BLOUNT.

Jamais d'heure pour le couragé anglaise!... Il était toujours prête!... toujours!

JOLLIVET

Nous verrons cela à Kolyvan, confrère! (Il se dirige vers l'auberge et y entre.)

NADIA, à part.

Cette fureur qui éclatait dans ses yeux au moment de l'insulte!.. cette lutte contre lui-même en refusant de se battre!... et maintenant... ce désespoir profond!...

STROGOFF, assis près de la table.

Oh! je ne croyais pas que l'accomplissement du devoir pût jamais coûter aussi cher!...

NADIA, le regardant.

Il pleure!... Oh! il doit y avoir un mystère que je ne puis comprendre... un secret qui enchaînait son courage! (Allant à lui.) Frère! (Strogoff relève la tête.) Il y a parfois des affronts qui élèvent, et celui-là t'a grandi à mes yeux!

(En ce moment, Blount pousse un cri. On voit passer au fond Jollivet sur l'âne de Blount.)

BLOUNT.

Ah! mon hâne! Arrêtez!... Il emportait mon hâne!...

JOLLIVET.

Je vous le rendrai à Kolyvan, confrère, à Kolyvan!

BLOUNT, accablé.

Aoh!

CINQUIÈME TABLEAU

L'Isba du télégraphe.

La scène représente un poste télégraphique près de Kolyvan, en Sibérie. Porte au fond, donnant sur la campagne; à droite un petit cabinet avec guichet, où se tient l'employé du télégraphe. Porte à gauche.

SCÈNE I.

L'EMPLOYÉ. JOLLIVET.

(On entend le bruit, sourd encore, de la bataille de Kolyvan.)

JOLLIVET, entrant par le fond.

L'affaire est chaude! Une balle dans mon toquet!... Une autre dans ma casaque!... La ville de Kolyvan va être emportée par ces Tartares! Enfin, j'aurai toujours la primeur de cette nouvelle,... Il faut l'expédier à Paris!... Voici le bureau du télégraphe! (Regardant.) Bon! l'employé est à son poste, et Blount est au diable!... Ça va bien! (A l'employé.) Le télégraphe fonctionne toujours?

L'EMPLOYÉ.

Il fonctionne du côté de la Russie, mais le fil est coupé du côté d'Irkoutsk.

JOLLIVET.

Ainsi les dépêches passent encore?

L'EMPLOYÉ

Entre Kolyvan et Moscou, oui.

JOLLIVET.

Pour le gouvernement?...

L'EMPLOYÉ.

Pour le gouvernement, s'il en a besoin,... pour le public, lorsqu'il paye! C'est dix kopeks par mot.

JOLLIVET.

Et que savez-vous?

L'EMPLOYÉ.

Rien.

JOLLIVET.

Mais les dépêches que vous...

L'EMPLOYÉ.

Je transmets les dépêches, mais je ne les lis jamais.

JOLLIVET, à part.

Un bon type! (Haut.) Mon ami, je désire envoyer à ma cousine Madeleine une dépêche relatant toutes les péripéties de la bataille.

L'EMPLOYÉ.

C'est facile... Dix kopeks par mot.

JOLLIVET.

Oui... je sais... mais une fois ma dépêche commencée, pouvez-vous me garder ma place, pendant que j'irai aux nouvelles?

L'EMPLOYÉ.

Tant que vous êtes au guichet, la place vous appartient... à dix ko-peks par mot; mais si vous quittez la place, elle appartient à celui qui la prend. . à dix...

JOLLIVET.

A dix kopeks par mot!... oui... je sais!... Je suis seul!... commençons. (Il écrit sur la tablette du guichet.) « *Mademoiselle Madeleine, faubourg Montmartre, Paris. — De Kolyvan, Sibérie...*

L'EMPLOYÉ.

Ça fait déjà quatre-vingts kopeks!

JOLLIVET.

C'est pour rien. (Il lui remet une liasse de roubles papier, et continue à écrire.) *Engagement des troupes russes et tartares...* (A ce moment, la fusillade se fait entendre avec plus de force.) Ah! ah! voilà du nouveau!

(Jollivet, quittant le guichet, court à la porte du fond pour voir ce qui se passe.)

SCÈNE II.

LES MÊMES, BLOUNT.

(Blount arrive par la porte de gauche.)

BLOUNT.

C'est ici le bioureau télégraphique... (Apercevant Jollivet.) Jollivette!... (Il va pour le saisir au collet, mais arrivé près de lui, il se met à lire tranquillement par-dessus son épaule ce que celui-ci a écrit.) Aoh!... Il transmettait des nouvelles plus nouvelles que les miennes!

JOLLIVET, écrivant.

Onze heures douze. — La bataille est engagée depuis ce matin...

BLOUNT, à part.

Très bien.... Je faisais ma profit. (Il va au guichet, pendant que Jollivet continue d'observer ce qui se passe. A l'employé.) Fil fonctionne?

L'EMPLOYÉ.

Toujours.

BLOUNT.

All right!

L'EMPLOYÉ.

Dix kopeks par mot.

BLOUNT.

Biène, très biène!... (Écrivant sur la tablette.) *Morning-Post, Londres. — De Kolyvan, Sibérie...*

JOLLIVET, écrivant sur son carnet.

Grande fumée s'élève au-dessus de Kolyvan...

BLOUNT, écrivant au guichet et riant.

Oh! bonne! *Grande foumée s'élève au-dessus de Kolyvan...*

JOLLIVET.

Ah! ah! ah! *Le château est en flammes!...*

BLOUNT, écrivant.

Ah! ah! *Le château il est en flammes...*

JOLLIVET

Les Russes abandonnent la ville.

BLOUNT, écrivant.

Rousses abandonnent le ville.

JOLLIVET.

Continuons notre dépêche. (Jollivet quitte la fenêtre, revient au guichet et trouve sa place prise.) Blount!

BLOUNT.

Yes, mister Blount!.. Tout à l'heure,... après mon dépêche,... vous rendez raison à moi et mon hâne!

JOLLIVET.

Mais vous avez pris ma place!

BLOUNT.

La place il était libre.

JOLLIVET

Ma dépêche était commencée.

BLOUNT.

Et le mien il commence.

JOLLIVET, à l'employé.

Mais vous savez bien que j'étais là avant monsieur.

L'EMPLOYÉ.

Place libre, place prise. Dix kopeks par mot

BLOUNT, payant.

Et je payai pour mille mots d'avance.

JOLLIVET.

Mille mots!...

BLOUNT, continuant d'écrire et à mesure qu'il écrit de passer ses dépêches à l'employé qui les transmet.

Bruit de la bataille se rapprochait... Au poste télégraphique, correspondant français guettait mon place, mais lui ne le aura pas...

JOLLIVET, furieux.

Ah! monsieur, à la fin...

BLOUNT.

Il n'y avait pas de fin, mister. *Yvan Ogareff à la tête des Tartares, va rejoindre l'émir...*

JOLLIVET.

Est-ce fini?

BLOUNT.

Jamais fini.

JOLLIVET.

Vous n'avez plus rien à dire...

BLOUNT.

Toujours à dire... pour pas perdre le place. (Écrivant.) *Au commencement, Dieu créa le ciel et le terre...*

JOLLIVET.

Ah! il télégraphie la Bible maintenant!

BLOUNT.

Yes! le Bible, et il contenait deux cent soixante-treize mille mots!..

L'EMPLOYÉ.

A dix kopeks par...

BLOUNT.

J'ai donné une à-compte... (Il remet une nouvelle liasse de roubles.) *Le terre était informe et...*

JOLLIVET.

Ah! l'animal! Je saurai bien te faire déguerpir! (Il sort par le fond.)

BLOUNT.

Les ténèbres couvraient le face de le abîme... (Continuant.) *Onze heures vingt. — Cris des fouyards redoublent... Mêlée furiouse.*

(Cris au dehors que Jollivet vient pousser à travers la fenêtre.)

Mort aux Anglais!... Tue! pille!... A bas l'Angleterre.

BLOUNT.

Aoh!... Qu'est-ce qu'on criait donc?... A bas l'Angleterre! Angleterre, jamais à bas! (Il tire un revolver de sa ceinture et sort par la porte du fond. Jollivet rentre alors par la porte de gauche et prend la place de Blount au guichet.)

JOLLIVET.

Pas plus difficile que cela!... A bas l'Angleterre, et l'Anglais quitte le guichet. (Dictant.) *Onze heures vingt-cinq. — Les obus tartares commencent à dépasser Kolyvan...*

BLOUNT, revenant.

Personne! Je avais bien cru entendre... (Apercevant Jollivet.) Aoh!

JOLLIVET, saluant.

Vive l'Angleterre, monsieur, vivent les Anglais!

BLOUNT.

Vous avez pris mon place.

JOLLIVET.

C'est comme cela.

BLOUNT.

Vous allez me le rendre, mister.

JOLLIVET.

Quand j'aurai fini.

BLOUNT.

Et vous aurez fini?...

JOLLIVET.

Plus tard... beaucoup plus tard. (Dictant.) *Les Russes sont forcés de se replier encore...* (Imitant l'accent de Blount.) *Correspondant anglais guette ma place au télégraphe, mais lui ne le aura pas...*

BLOUNT.

Est-ce fini, mister?

JOLLIVET.

Jamais fini... (Dictant.)

Il était un p'tit homme,
Tout habillé de gris
Dans Paris...

BLOUNT, furieux.

Des chansons!...

JOLLIVET.

Du Béranger! Après le sacré, le profane!

BLOUNT.

Monsieur, battons-nous à l'instant!

JOLLIVET, dictant.

Joufflu comme une pomme,
Qui sans un sou comptant...

L'EMPLOYÉ, refermant brusquement le guichet.

Ah!

JOLLIVET.

Quoi donc?

L'EMPLOYÉ, sortant de son bureau.

Le fil est coupé! Il ne fonctionne plus! Messieurs, j'ai bien l'honneur de vous saluer... (Il salue et s'en va tranquillement. — Grands cris au dehors.)

BLOUNT.

Plus dépêches possibles, à nous deux, mister. Sortons!

JOLLIVET.

Oui, sortons, et venez me touyer!...

BLOUNT.

On dit tuer!... Il ne sait même pas son langue!

(Ils sortent par le fond, en se provoquant.)

SCÈNE III.

SANGARRE, UN BOHÉMIEN.

SANGARRE, arrivant par la gauche avec un bohémien.

Les Tartares sont vainqueurs!

LE BOHÉMIEN.

Ivan Ogareff les a menés à l'assaut de Kolyvan.

SANGARRE.

Russes et Sibériens, ils ont tout écrasé!... La ville brûle, et les fuyards s'échappent de toutes parts!...

LE BOHÉMIEN, regardant.

Ils vont gagner de ce côté!

SANGARRE.

Oui, mais cette vieille Sibérienne, que j'ai enfin revue, cette Marfa Strogoff, qu'est-elle devenue? Elle était là, regardant sa maison qui brûlait!... Puis tout à coup, elle a disparu!... Oh! je la retrouverai et alors!... Ah! tu m'as dénoncée, Marfa, tu m'as fait knouter par les Russes!... Malheur à toi!...

SCÈNE IV.

LES MÊMES, MARFA, FUGITIFS.

(Grand tumulte au dehors. — Le bruit de la fusillade se rapproche! Les fugitifs se précipitent dans le poste.)

PREMIER FUGITIF.

Tout est perdu!

DEUXIÈME FUGITIF.

La cavalerie tartare sabre tous les malheureux qui sortent de Kolyvan!

TOUS.

Fuyons! Fuyons!

(Ils vont quitter le poste en désordre.)

MARFA, paraissant au fond.

Arrêtez! arrêtez.

TOUS.

Marfa Strogoff!

MARFA.

Lâches, qui fuyez devant les Tartares!

SANGARRE.

Ah! cette fois, tu ne m'échapperas pas!

MARFA.

Arrêtez! vous dis-je, n'êtes-vous plus les enfants de notre Sibérie?...

PREMIER FUGITIF.

Est-il encore une Sibérie? Les Tartares n'ont-ils pas envahi la province entière?

MARFA, sombre.

Hélas! oui! puisque la province entière est dévastée!

DEUXIÈME FUGITIF.

N'est-ce pas toute une armée de barbares qui s'est jetée sur nos villages?

MARFA.

Oui, puisque si loin que la vue s'étende, nous ne voyons que des villages en flammes!

PREMIER FUGITIF.

Et cette armée n'est-elle pas commandée par le cruel Féofar?

MARFA.

Oui! puisque nos rivières roulent des flots de sang!

PREMIER FUGITIF.

Eh bien! que pouvons-nous faire?

MARFA.

Résister encore, résister toujours, et mourir s'il le faut!

PREMIER FUGITIF.

Résister quand le Père ne vient pas à nous, et quand Dieu nous abandonne?

MARFA.

Dieu est bien haut, et le Père est bien loin! Il ne peut ni diminuer les distances, ni hâter davantage le pas de ses soldats! Les troupes sont en marche, elles arriveront! mais jusque-là, il faut résister!... Dût la vie d'un Tartare coûter la vie de dix Sibériens, que ces dix meurent en combattant! Qu'on ne puisse pas dire que Kolyvan s'est rendue, tant qu'il restait un de ses enfants pour la défendre!...

DEUXIÈME FUGITIF.

Ces barbares etaient vingt contre un!

PREMIER FUGITIF.

Et maintenant Kolyvan est en flammes!

MARFA.

Eh bien, si vous ne pouvez rentrer dans la ville, combattez au dehors! Chaque heure gagnée peut donner aux troupes russes le temps de se rallier!... Barricadez ce poste! Fortifiez-le! Arrêtez ici cette tourbe! Tenez encore à l'abri de ces murs!... Mes amis, écoutez la voix de la vieille Sibérienne, qui demande à mourir avec vous, pour la défense de son pays!

SANGARRE, à part.

Non! ce n'est pas ici que tu mourras. (Au bohémien qui l'accompagne.) Reste et observe. (Elle sort par le fond.)

MARFA.

Mes amis! vous m'entendez, moi, la veuve de Pierre Strogoff que vous avez connu!... Ah! s'il était encore là, il se mettrait à votre tête! Il vous ramènerait au combat!... Écoutez-le! Mes amis! c'est lui qui vous parle par ma voix!

PREMIER FUGITIF.

Pierre Strogoff n'est plus! Peut-être avec un tel chef que lui aurions-nous pu tenir dans la steppe, harceler les soldats de l'émir...

LES FUGITIFS.

Oui, un chef! Il nous faudrait un chef!

MARFA.

Ah! tout est donc perdu!

(Violente détonation au dehors.)

SCÈNE V.

LES MÊMES, STROGOFF, NADIA, BLOUNT, JOLLIVET, FUGITIFS.

JOLLIVET, entrant par le fond.

Les balles pleuvent sur la route.

BLOUNT, le suivant.

Forcés de remettre notre duel.

STROGOFF, entrant par le fond avec Nadia.

Ici, Nadia!... Ici, du moins, tu seras à l'abri, mais je suis forcé de me séparer de toi!

NADIA.

Tu vas m'abandonner ?...

STROGOFF.

Écoute, les Tartares avancent!... ils marchent sur Irkoutsk!... Il faut que j'y sois avant eux!... Un devoir impérieux et sacré m'y appelle! Il faut que je passe, fût-ce à travers la mitraille, fût-ce au prix de mon sang, fût-ce au prix de ma vie!...

NADIA.

S'il en est ainsi, frère, pars, et que Dieu te protège!

STROGOFF.

Adieu, Nadia. (Il va s'élancer vers la porte du fond, et se trouve face à face avec Marfa.)

MARFA, l'arrêtant.

Mon fils!

JOLLIVET.

Tiens!... Nicolas Korpanoff!

MARFA.

Mon enfant!... (Aux Sibériens.) C'est lui, mes amis! C'est mon fils... C'est Michel Strogoff!

TOUS.

Michel Strogoff!

MARFA.

Ah! vous demandiez un chef pour vous conduire dans la steppe, un chef digne de vous commander! Le voilà!... Michel, embrasse-moi! prends ce fusil, et sus aux Tartares.

STROGOFF, à part.

Non! non! je ne peux pas... j'ai juré...

MARFA.

Eh bien, ne m'entends-tu pas? Michel! Tu me regardes sans me répondre ?

STROGOFF, froidement.

Qui êtes-vous?... Je ne vous connais pas.

MARFA.

Qui je suis? Tu le demandes? Tu ne me reconnais plus... Michel! mon fils!...

STROGOFF.

Je ne vous connais pas.

MARFA.

Tu ne reconnais pas ta mère?

STROGOFF.

Je ne vous reconnais pas!

MARFA.

Tu n'es pas le fils de Pierre et de Marfa Strogoff?

STROGOFF.

Je suis Nicolas Korpanoff, et voici ma sœur Nadia.

MARFA.

Sa sœur! (Allant à Nadia.) Toi! sa sœur?

STROGOFF, avec force.

Oui, oui, réponds!... réponds, Nadia.

NADIA

Je suis sa sœur!...

MARFA.

Tu mens!... Je n'ai pas de fille!... Je n'ai qu'un fils, et le voilà!

STROGOFF.

Vous vous trompez!... laissez-moi. (Il va vers la porte.)

MARFA.

Tu ne sortiras pas!

STROGOFF.

Laissez-moi... Laissez-moi!...

MARFA, le ramenant.

Tu ne sortiras pas! Écoute, tu n'es pas mon fils!... Une ressemblance m'égare, je me trompe, je suis folle, et tu n'es pas mon fils!... Pour cela, Dieu te jugera! Mais tu es un enfant de notre Sibérie. Eh bien, l'ennemi est là et je te tends cette arme!... Est-ce qu'après avoir renié ta mère, tu vas aussi renier ton pays? Michel, tu peux me déchirer l'âme, tu peux me briser le cœur, mais la patrie, c'est la première mère, plus sainte et plus sacrée mille fois!... Tu peux me tuer, moi, Michel, mais pour elle tu dois mourir!

STROGOFF, à part.

Oui!... c'est un devoir sacré... oui... mais je ne dois ni m'arrêter, ni combattre... Je n'ai pas une heure, pas une minute à perdre! (A Marfa.) Je ne vous connais pas!... et je pars!

MARFA.

Ah! malheureux qui es devenu à la fois fils dénaturé, et traître à la patrie!

(Forte détonation au dehors. Un obus tombe près de Marfa, mèche fumante.)

STROGOFF, s'élançant.

Prenez garde, Marfa!

MARFA.

Que cet obus me tue, puisque mon fils est un lâche!

STROGOFF.

Un lâche! moi! Vois si j'ai peur! (Il prend l'obus et le jette dehors. Il s'élance par le fond.) Adieu, Nadia.

MARFA.

Ah! je le disais bien!... C'est mon fils! c'est Michel Strogoff, le courrier du czar!

TOUS.

Le courrier du czar!

MARFA.

Quelque secrète mission l'entraîne sans doute loin de moi!... Nous combattrons sans lui! Barricadons cette porte, et défendons-nous!...

(Coups de fusils qui éclatent au dehors.)

BLOUNT, portant la main à sa jambe.

Ah! blessé!...

JOLLIVET, lui bandant sa blessure malgré lui.

Ah! pauvre Blount.

MARFA.

Courage! mes amis!... Que chacun de nous sache mourir bravement, non plus pour le salut, mais pour l'honneur de la Russie!

TOUS.

Hurrah! Pour la Russie!

(Le combat s'engage avec les Tartares qui apparaissent. Un brouillard de fumée emplit le poste qui s'effondre.)

SIXIÈME TABLEAU.

Le Champ de bataille de Kolyvan.

Vue du champ de bataille de Kolyvan. Horizon en feu, au coucher du soleil. Morts et blessés étendus, cadavres de chevaux. Au-dessus du champ de bataille, des oiseaux de proie qui planent et s'abattent sur les cadavres.

STROGOFF, paraissant au fond et traversant le champ de bataille.

Ma mère! Nadia!... Elles sont ici peut-être, là parmi les blessés et les morts!... Et l'implacable devoir impose silence à mon cœur... Et je ne puis les rechercher ni les secourir!... Non... (Se redressant.) Non! Pour Dieu, pour le czar, pour la patrie!...

(Il continue à marcher vers la droite et le rideau baisse.)

ACTE TROISIÈME.

SEPTIÈME TABLEAU.

La Tente d'Ivan Ogareff.

SCÈNE I.

JOLLIVET, BLOUNT.

(Blount est à demi couché, et Jollivet s'occupe à le soigner.)

BLOUT, le repoussant.

Mister Jollivet, je priai vous de laisser moi tranquille !

JOLLIVET.

Monsieur Blount, je vous soignerai quand même, et je vous guérirai malgré vous, s'il le faut.

BLOUNT.

Ces bons soins de vous étaient odieuses !

JOLLIVET.

Odieux, mais salutaires ! Et si je vous abandonnais, qui donc vous soignerait dans ce camp tartare?

BLOUNT.

Je prévenai vous que je n'étais pas reconnaissante du tout pour ce que vous faisiez !

JOLLIVET.

Est-ce que je vous demande de la reconnaissance ?

BLOUNT.

Vous avez volé mon voiture, ma déjeuner, mon hâne et mon place au guichet du télégraphe ! J'étais votre ennemi mortel, et je voulais...

JOLLIVET.

Et vous voulez touyer moi, c'est convenu ! mais pour que vous puissiez me touyer, il faut d'abord que je vous guérisse !

BLOUNT.

Ah ! c'était un grand malheur que le obus il ait été pour moi !

JOLLIVET.

Ce n'était pas un obus, c'était un biscaïen.

BLOUNT.

Un bis... ?

JOLLIVET.

Caïen !

BLOUNT.

Par oune K ?

JOLLIVET.

Non par un C.

BLOUNT.

Par oune C. Oh ! c'était mauvais tout de même !

JOLLIVET.

Voyons, prenez mon bras, et marchez un peu.

BLOUNT, avec force.

Non ! Je marchai pas !

JOLLIVET.

Prenez mon bras, vous dis-je, ou je vous emporte sur mes épaules, comme un sac de farine !

BLOUNT.

Oh! sac de farine!... Vous insultez moi encore !

JOLLIVET.

Ne dites donc pas de bêtises ! (Il veut l'emmener. Un Tartare entre et les arrête.)

LE TARTARE.

Restez. Le seigneur Ivan Ogareff veut vous interroger. (Il sort.)

JOLLIVET.

Nous interroger?... Lui, Ogareff!... ce traître!

BLOUNT.

Cette brigande!... cette bandite voulait interroger moi!

(Ivan paraît, s'arrête à l'entrée de la tente et parle bas à deux Tartares qui l'accompagnent et sortent.)

JOLLIVET.

Que vois-je? l'homme qui insultait brutalement le marchand Korpanoff?...

BLOUNT.

C'était cette colonel Ogareff!... Oh! je sentai une grosse indignéchione!

SCÈNE II.

LES MÊMES, IVAN, TARTARES.

IVAN.

Approchez et répondez-moi. Qui êtes-vous?

JOLLIVET.

Alcide Jollivet, citoyen français, que personne n'a le droit de retenir prisonnier.

IVAN.

Peut-être. (A Blount.) Et vous?

BLOUNT.

Harry Blount!... une honnête homme, entendez-vous, une fidèle sujette de le Angleterre, entendez-vous, une loyale serviteur de son pétrie, entendez-vous!

IVAN.

Vous avez été pris, dit-on, parmi nos ennemis?

JOLLIVET, avec ironie.

Non, on vous a trompé.

IVAN.

Vous osez dire?...

JOLLIVET.

Je dis que ce ne peut être parmi les ennemis d'un colonel russe, puisque c'est au milieu de ses compatriotes, parmi les Russes eux-mêmes, qu'on nous a arrêtés! Vous voyez bien, monsieur, que l'on vous a trompé.

BLOUNT, à part.

Very well!... Très bon réponse!...

IVAN.

Quel motif vous a conduits sur le théâtre de la guerre?

JOLLIVET.

Nous sommes journalistes, monsieur,... deux reporters.

IVAN, avec mépris.

Ah! oui, je sais, des reporters... c'est-à-dire une sorte d'espions!...

BLOUNT, furieux.

Espionne! nous, espionnes!

JOLLIVET, avec force.

Monsieur, ce que vous dites est infâme, et j'en prends à témoin l'Europe tout entière!

IVAN.

Que m'importe l'opinion de l'Europe! Je vous traite comme il me plaît, parce qu'on vous a pris parmi les Russes, qui sont mes ennemis, vous le savez bien!

JOLLIVET.

J'ignorais que la patrie devînt jamais l'ennemie d'un loyal soldat!

BLOUNT.

C'était le soldat déloyal qui devenait le ennemi de son pétrie!

JOLLIVET.

Et celui-là est un traître!

IVAN, avec colère.

Prenez garde et souvenez-vous que je suis tout-puissant ici!

JOLLIVET.

Vous devriez tâcher de le faire oublier.

IVAN, avec colère.

Monsieur... (Se calmant.) L'insulte d'un homme de votre sorte ne peut arriver jusqu'à moi!

JOLLIVET.

C'est naturel, colonel Ogareff, la voix ne descend pas, elle monte!

IVAN, avec colère.

C'en est trop!

BLOUNT, à part.

Il n'était pas satisfaite du tout!

IVAN.

Vous me payerez ce nouvel outrage et vous le payerez cher. (Appelant.) Gardes! (Un Tartare entre.) Que l'Anglais soit conduit hors du camp, avant une heure,... et qu'avant une heure, l'autre soit fusillé!

(Il sort avec le Tartare.)

SCÈNE III.

BLOUNT, JOLLIVET.

BLOUNT, avec terreur.

Fousillé! fousillé! fousillé!...

JOLLIVET.

Je n'ai pas été maître de mon indignation!

BLOUNT.

Fousillé!... Cette misérable coquine faisait fousiller vous!

JOLLIVET.

Hélas! oui!... Rien ne peut me sauver et le mieux est de me résigner courageusement!

BLOUNT.

Ah! Jollivet!

JOLLIVET.

Vous voilà débarrassé de votre rival, de votre ennemi!

BLOUNT, se récriant.

Débarrassé de mon hennemi!

JOLLIVET.

Et il était écrit que notre duel n'aurait jamais lieu!

BLOUNT, ému.

Notre douel?... Est-ce que vous aviez pensé que je battais jamais moi avec vous, Jollivet?

JOLLIVET.

Je sais qu'il y avait en vous plus d'emportement que de haine!

BLOUNT.

Oh! non!... je vous haïssais pas, Jollivet, et si vous avez un peu moqué, vous avez défendu moi dans le bataille, vous avez soigné mon blessure, vous avez sauvé moi comme une bonne et brave gentleman, Jollivet!

JOLLIVET, souriant tristement.

Tiens! vous ne m'appelez plus Jollivette, monsieur Blount.

BLOUNT.

Et je demandai pardone à vous pour cette méchante plaisanterie!

JOLLIVET.

Alors nous voilà amis... tout à fait?

BLOUNT.

Oh! yes, amis jusqu'à la m...

JOLLIVET.

Jusqu'à la mort!... Ce ne sera pas long, hélas!... et je voudrais... avant... de mourir... vous demander un service, ami Blount.

BLOUNT, vivement.

Une service! Oh! je promettai, je jurai d'avance!...

JOLLIVET.

Nous sommes ici, mon ami, comme deux sentinelles perdues et chargées l'une et l'autre d'éclairer notre pays sur les graves événements qui s'accomplissent. Eh bien, le devoir que je ne pourrai plus remplir, je vous demande de le remplir à ma place.

BLOUNT, très ému.

Oh! yes! yes!...

JOLLIVET.

Voulez-vous me promettre, Blount, qu'après avoir adressé chacune de vos correspondances en Angleterre, vous l'enverrez ensuite en France?

BLOUNT.

Ensuite! non!... Jolivet, non... pas ensuite. Je voulais remplacer vous, tout à faite, et comme vous étiez plus adroite que moi, vous aviez envoyé toujours les nouvelles le première, eh bien, je promettai que j'envoyai en France... d'abord!

JOLLIVET.

En même temps, Blount, en même temps... je le veux!...

BLOUNT.

Yes!.. en même temps!... d'abord!... Êtes-vous satisfaite, Jollivet?

JOLLIVET.

Oui, mais ce n'est pas tout, Blount.

BLOUNT.

Parlez, je écoutai vous.

JOLLIVET.

Mon ami, j'ai laissé là-bas une femme!...

BLOUNT.

Une femme!

JOLLIVET.

Une jeune femme... et un petit enfant. Elle, bonne comme une sainte! lui, beau comme un ange!...

BLOUNT, avec reproche.

Oh! vous aviez une femme et une toute petite bébé, et vous avez quitté eux!... Oh! Jollivet, Jollivet.

JOLLIVET, tristement.

Que voulez-vous?... Nous étions pauvres, mon ami!

BLOUNT, pleurant.

Pauvres!... Et alors vous étiez forcé pour abandonner eux, et moi je reprochai à vous... j'accusai vous... Oh! my friend, my dear friend!... I am a very bad man,... your pardon.. for... having spoken as.. I have done!.. Je demandai pardone à vous. Jollivet, yes!... je demandai pardone, et quand le guerre était finie ici, je jurai que j'allai en France, je cherchai votre fémille, je servai pour père à votre pauvre petite bébé, et je servai pour méri,... non!.. je servai pour frère à votre bonne jolie femme... je promettai... je jurai... je... (Il lui serre la main, se jette à son cou et l'embrasse. — On entend un bruit de fanfare.)

JOLLIVET.

Qu'est-ce que cela?

UN TARTARE, entrant.

C'est l'arrivée de l'émir Féofar. Tous les prisonniers doivent se prosterner devant lui... Venez.

BLOUNT.

Prosterner!.. je prosternerai pas!... je prosternerai jamais!... (Ils sortent.)

(Le décor change à vue et représente le camp tartare.)

HUITIÈME TABLEAU.

Le Camp de l'émir.

La scène représente une place, ornée de pylones, recouverte d'un splendide velum. A droite, un trône magnifiquement orné; à gauche une tente.

SCÈNE I.

FÉOFAR, IVAN, LES TARTARES.

(Grand fracas de trompettes et tambours. Superbe cortège qui défile devant le trône.

Féofar, accompagné d'Ivan et de toute sa maison militaire, arrive au camp. Réception solennelle.)

IVAN.

Gloire à toi, puissant émir, qui viens commander en personne cette armée triomphante!

TOUS.

Gloire à Féofar! Gloire à l'émir!

IVAN.

Les provinces de la Sibérie sont maintenant en ton pouvoir. Tu peux pousser tes colonnes victorieuses aussi bien vers les contrées où se lève le soleil que dans celles où il se couche.

FÉOFAR.

Et si je marche avec le soleil?

IVAN.

C'est te jeter vers l'Europe, et c'est rapidement conquérir le pays jusqu'aux montagnes de l'Oural!

FÉOFAR.

Et si je vais au-devant du flambeau de lumière?

IVAN.

C'est soumettre à ta domination Irkoutsk et les plus riches provinces de l'Asie centrale.

FÉOFAR.

Quel avis t'inspire ton dévouement à notre cause?

IVAN.

Prendre Irkoutsk, la capitale, et avec elle l'otage précieux dont la possession vaut une province! Émir, il faut que le Grand-Duc tombe entre tes mains.

FÉOFAR.

Il sera fait ainsi.

IVAN.

Quel jour l'émir quittera-t-il ce camp?

FÉOFAR.

Demain, car aujourd'hui c'est fête pour les vainqueurs.

TOUS.

Gloire à l'émir!

SCÈNE II.

LES MÊMES, BLOUNT, puis JOLLIVET.

BLOUNT.

L'émir! je voulais parler à l'émir.

FÉOFAR.

Qu'est-ce donc?

IVAN.

Que voulez-vous?

BLOUNT.

Je voulais parler à l'émir.

L'ÉMIR.

Parle.

BLOUNT.

Émir Féofar, je suppliai... non!... je conseillai à toi de entendre moi!

FÉOFAR.

Approche.

BLOUNT.

Je demandai au puissante Féofar d'empêcher le fousillement d'un gentleman!

FÉOFAR.

Que signifie?

IVAN.

Un étranger qui a osé m'insulter et dont j'ai ordonné le châtiment!

L'ÉMIR.

Qu'on amène cet homme. (Jollivet est amené et se place près de Blount.)

BLOUNT.

Et si je conseillai à toi, grande Féofar, de rendre son liberté à mister Jollivet, c'était dans le intérêt de toi, de ton sécourité, car si une seule cheveu tombait de son tête à lui, il mettait en danger ton tête à toi!

FÉOFAR.

Et qui donc aurai-je à redouter?

BLOUNT.

Le France!

FÉOFAR.

La France!

BLOUNT.

Oui, le France qui ne laisserait pas impounі le assassinat d'une enfant à elle! Et je avertis toi, que si on ne rendait pas la liberté à lui, je restai prisonnier avec! Je prévenai toi que si on touyait lui, il fallait me touyer avec, et qu'au lieu de le France tout seule, tu auras sur les bras le France et le Angleterre avec!... Voilà ce que j'avais à dire à toi, émir Féofar. A présent, fais touyer nous si tu voulais!

FÉOFAR.

Ivan, que les paroles de cet homme s'effacent de ta mémoire et qu'on épargne sa vie!

IVAN.

Mais il m'a insulté!

FÉOFAR.

Je le veux.

IVAN.

Soit! Qu'on le chasse du camp à l'instant même.

JOLLIVET.

Vous prévenez mes désirs, monsieur Ogareff!... J'ai hâte de n'être plus en votre honorable compagnie!... Blount, je n'oublierai pas ce que vous venez de faire pour moi!

BLOUNT.

Nous étions quittes et très bonnes amis, Jollivet!

JOLLIVET.

Et nous continuerons la campagne ensemble!

BLOUNT.

All right!

(Tous deux sortent par le fond. Féofar et ses officiers entrent avec lui sous une tente à gauche.)

SCÈNE III.

IVAN, SANGARRE.

IVAN, voyant entrer Sangarre.

Sangarre! Tu le vois, elle s'achèvera bientôt la tâche que je me suis imposée!

SANGARRE.

Parles-tu de ta vengeance?

IVAN.

Oui, oui, de cette vengeance qui est maintenant assurée!

SANGARRE.

Elle t'échappera, si le Grand-Duc est prévenu à temps, si un courrier russe parvient jusqu'à lui!

IVAN.

Comment un courrier passerait-il à travers nos armées?

SANGARRE.

Il en est un qui, sans moi, serait en ce moment sur la route d'Irkoutsk!

IVAN.

Parle, explique-toi.

SANGARRE.

Ivan, je suis plus près que toi du but que chacun de nous veut atteindre! Le Grand-Duc n'est pas encore entre tes mains, tandis que j'ai en mon pouvoir cette Marfa Strogoff, dont j'ai juré la mort!

IVAN.

Achève.

SANGARRE.

La vieille Sibérienne a été prise au poste de Kolyvan, avec beaucoup d'autres. Mais, dans ce poste, Marfa n'était pas la seule qui por ce nom de Strogoff!

IVAN.

Que veux-tu dire?

SANGARRE.

Hier, un homme a refusé de reconnaître Marfa, qui l'appelait son fils!... Il l'a reniée publiquement. Mais une mère ne se trompe pas à une prétendue ressemblance. Cet homme qui ne voulait pas être reconnu était bien Michel Strogoff, un des courriers du czar.

IVAN.

Où est-il? Qu'est-il devenu? A-t-on pu s'emparer de lui?

SANGARRE.

Après la victoire, tous ceux qui fuyaient le champ de bataille ont été arrêtés. Pas un des fugitifs n'a pu nous échapper, et Michel Strogoff doit être parmi les prisonniers!

IVAN.

Le reconnaîtrais-tu? Pourrais-tu le désigner?

SANGARRE.

Non.

IVAN.

Il me faut cet homme! Il doit être porteur de quelque important message. Qui donc pourra me le faire connaître?

SANGARRE.

Sa mère!

IVAN.

Sa mère?

SANGARRE.

Elle refusera de parler, mais...

IVAN

Mais je saurai bien l'y forcer... Qu'on l'amène. (Sangarre s'éloigne par le fond.) Un courrier évidemment envoyé vers le Grand-Duc! Il est porteur d'un message! Ce message, je l'aurai!...

SCÈNE IV.

IVAN, SANGARRE, MARFA, NADIA, puis DES PRISONNIERS, SOLDATS, ETC.

NADIA, bas.

Pourquoi nous conduit-on ici ?

MARFA, bas.

Pour m'interroger, sans doute, sur le compte de mon fils, mais j'ai compris qu'il ne voulait pas être reconnu !... il est déjà loin... Ils ne m'arracheront pas mon secret.

SANGARRE.

Regarde-moi, Marfa, regarde-moi bien !... Sais-tu qui je suis?

MARFA, regardant Sangarre.

Oui ! l'espionne tartare que j'ai fait châtier !

SANGARRE.

Et qui te tient à son tour en son pouvoir !

NADIA, lui prenant la main.

Marfa !

MARFA, bas.

Ne crains rien pour moi, ma fille !

IVAN, à Marfa.

Tu te nommes ?...

MARFA.

Marfa Strogoff.

IVAN.

Tu as un fils ?

MARFA.

Oui !

IVAN.

Où est-il maintenant ?

MARFA.

A Moscou, je suppose.

IVAN.

Tu es sans nouvelles de lui ?

MARFA.

Sans nouvelles.

IVAN.

Quel est donc cet homme que tu appelais ton fils, hier, au poste de Kolyvan ?

MARFA.

Un Sibérien que j'ai pris pour lui. C'est le deuxième en qui je crois retrouver mon fils, depuis que Kolyvan est rempli d'étrangers.

IVAN.

Ainsi ce jeune homme n'était pas Michel Strogoff ?

MARFA.

Ce n'était pas lui.

IVAN.

Et tu ignores ce que ton fils est devenu ?

MARFA.

Je l'ignore.

IVAN.

Et depuis hier, tu ne l'as pas vu parmi les prisonniers ?

MARFA.

Non !

IVAN.

Écoute. Ton fils est ici, car aucun des fugitifs n'a pu échapper à ceux de nos soldats qui cernaient le poste de Kolyvan. Tous ces prisonniers vont passer devant tes yeux, et si tu ne me désignes pas ce Michel Strogoff, je te ferai périr sous le knout !

NADIA.

Grand Dieu !

MARFA.

Quand tu voudras, Ivan Ogareff. J'attends.

NADIA.

Pauvre Marfa !

MARFA.

Je serai courageuse !... je n'ai rien à craindre pour lui !

IVAN.

Qu'on amène les prisonniers. (A Sangarre.) Et toi, observe bien si l'un d'eux se trahit !

(Les prisonniers défilent. — Michel Strogoff est parmi eux, mais quand il passe devant elle, Marfa ne bouge pas.)

IVAN.

Eh bien ! ton fils ?

MARFA.

Mon fils n'est pas parmi ces prisonniers !

IVAN.

Tu mens !... désigne-le... parle... je le veux

MARFA, résolument.

Je n'ai rien à vous dire.

SANGARRE, bas.

Oh ! je la connais, cette femme !... Sous le fouet, même expirante, elle ne parlera pas !...

IVAN.

Elle ne parlera pas, dis-tu !... Eh bien, il parlera lui !... Saisissez cette femme, qu'elle soit frappée du knout jusqu'à ce qu'elle en meure ! (Marfa est saisie par deux soldats et jetée à genoux sur le sol. Un soldat portant le knout se place derrière elle.)

IVAN, au soldat.

Frappe !

(Le knout est levé sur Marfa. Strogoff se précipite, arrache le knout et en frappe Ivan au visage.)

STROGOFF.

Coup pour coup, Ogareff !

MARFA.

Qu'as-tu fait, malheureux !

IVAN.

L'homme du relai !

SANGARRE.

Michel Strogoff !

STROGOFF.

Moi-même ! Oui, moi, que tu as insulté, outragé ! moi dont tu veux assassiner la mère !

TOUS.

A mort ! à mort !

IVAN.

Ne tuez pas cet homme ! Qu'on prévienne l'émir !

MARFA.

Mon fils !... Ah ! pourquoi t'es-tu trahi !

STROGOFF.

J'ai pu me contenir quand ce traître m'a frappé !... Mais le fouet levé sur toi, ma mère !... oh ! c'était impossible !

IVAN.

Éloignez donc cette femme !... et qu'on le fouille !

(Les soldats exécutent cet ordre.)

STROGOFF, résistant.

Me fouiller ! Lâche ! misérable !

IVAN, lui prend la lettre qu'il portait sur sa poitrine et la lit.

Oh ! il était temps !... Cette lettre perdait tout !... Maintenant le Grand-Duc est à moi !

SCÈNE V.

LES MÊMES, FÉOFAR ET SA SUITE.

IVAN.

Émir Féofar, tu as un acte de justice à accomplir.

FÉOFAR.

Contre cet homme ?

IVAN.

Contre lui.

FÉOFAR.

Quel est-il ?

IVAN.

Un espion russe.

TOUS.

Un espion !...

MARFA.

Non, non... mon fils n'est pas un espion ! Cet homme a menti !...

IVAN.

Cette lettre, trouvée sur lui, indiquait le jour où une armée de secours doit arriver en vue d'Irkoutsk... le jour où faisant une sortie, le Grand-Duc nous aurait pris entre deux feux !

TOUS.

A mort ! à mort !

NADIA.

Grâce pour lui !

MARFA.

Vous ne le tuerez pas !

TOUS.

A mort ! A mort !

IVAN, à Strogoff.

Tu les entends ?

STROGOFF, à Ivan.

Je mourrai, mais ta face de traître, Ivan, n'en portera pas moins, et à jamais, la marque infamante du knout !

IVAN.

Émir, nous attendons que ta justice prononce.

FÉOFAR.

Qu'on apporte le Koran.

TOUS.

Le Koran ! le Koran !

FÉOFAR.

Ce livre saint a des peines pour les traîtres et les espions !... C'est lui-même qui prononcera la sentence !

(Des prêtres tartares apportent le livre sacré et le présentent à Féofar.)

FÉOFAR, à l'un des prêtres.

Ouvre ce livre, à l'endroit où il édicte les peines et châtiments. Mon doigt touchera un des versets,... et ce verset contiendra sa sentence !

(Le Koran est ouvert. Le doigt de Féofar se pose sur une des pages, et un prêtre lit à haute voix le verset touché par l'émir.)

LE PRÊTRE, lisant.

« Ses yeux s'obscurciront comme les étoiles sous le nuage, et il « ne verra plus les choses de la terre ! »

TOUS.

Ah !

FÉOFAR, à Strogoff.

Tu es venu pour voir ce qui se passe au camp tartare ! Regarde ! Maintenant que notre armée triomphante se réjouisse, que la fête ait lieu qui doit célébrer nos victoires !

TOUS.

Gloire à l'émir !

FÉOFAR, prenant place sur son trône.

Et toi, espion, pour la dernière fois de ta vie, regarde de tous tes yeux !... regarde !

(Strogoff est conduit au pied de l'estrade. Marfa est à demi couchée sur le sol. Nadia est agenouillée près d'elle.)

NEUVIÈME TABLEAU.

La Fête tartare.

BALLET.

(Après la première reprise, la voix d'un prêtre se fait entendre et répète les paroles de l'émir.)

LE PRÊTRE.

Regarde de tous tes yeux... regarde !

(Après la deuxième reprise, la voix du prêtre se fait encore entendre.)

LE PRÊTRE.

Regarde de tous tes yeux ! regarde !

(Le ballet fini, Strogoff est amené au milieu de la scène. Un trépied, portant des charbons ardents, est apporté près de lui, et le sabre de l'exécuteur est posé en travers sur les charbons.

Sur un signe de Féofar, l'exécuteur s'approche de Strogoff. Il prend le sabre qui est chauffé à blanc.)

FÉOFAR.

Dieu a condamné cet homme ! Il a dit que l'espion soit privé de la lumière !... Que son regard soit brûlé par cette lame ardente !

NADIA.

Michel ! Michel !

STROGOFF, se tournant vers Ivan.

Ivan ! Ivan le traître ! la dernière menace de mes yeux sera pour toi !

MARFA, se précipitant vers son fils.

Mon fils ! mon fils !...

STROGOFF.

Ma mère !... ma mère ! oui ! oui ! à toi mon suprême regard !... Reste là, devant moi !... Que je voie encore ta figure bien-aimée !... Que mes yeux se ferment en te regardant !

IVAN, à Strogoff.

Ah ! tu pleures ! Tu pleures comme une femme !

STROGOFF, se redressant.

Non ! comme un fils !

IVAN.

Bourreau, accomplis ton œuvre !

(Les bras de Strogoff ont été saisis par des soldats ; il est tenu agenouillé de manière à ne pouvoir faire un mouvement. La lame incandescente passe devant ses yeux.)

STROGOFF, poussant un cri terrible.

Ah !!!! (Marfa tombe évanouie. Nadia se précipite sur elle.)

IVAN.

A mort maintenant, à mort, l'espion !

TOUS.

A mort ! à mort ! (Des soldats se jettent sur Strogoff pour le massacrer.)

FÉOFAR.

Arrêtez !... arrêtez !... Prêtre, achève le verset commencé.

LE PRÊTRE.

... « Et aveugle, il sera comme l'enfant, et comme l'être privé de raison, sacré pour tous !... »

FÉOFAR.

Que nul ne touche désormais à cet homme, car le Koran l'a dit : « Vous tiendrez pour sacrés les enfants, les fous et les aveugles. »

IVAN, à Sangarre.

Il n'est plus à craindre maintenant. (Féofar, Ivan et tout le cortège sortent par le fond. Une demi-nuit s'est faite, et il ne reste plus en scène que Strogoff, Marfa et Nadia.)

(Strogoff se relève et se dirige en tâtonnant vers l'endroit où est tombée sa mère.)

STROGOFF.

Ma mère ! Ma mère !... Ma mère !... ma pauvre mère !...

NADIA, venant à lui.

Frère ! frère ! mes yeux seront désormais tes yeux !... je te conduirai...

STROGOFF.

A Irkoutsk ! (Il embrasse une dernière fois sa mère.) A Irkoutsk !

ACTE QUATRIÈME.

DIXIÈME TABLEAU.

La Clairière.

La scène représente une berge sur la rive droite de l'Angara. Il fait encore jour.

SCÈNE I.

IVAN, SANGARRE, UN CHEF TARTARE, SOLDATS.

IVAN, au chef.

C'est ici que nous allons nous séparer de toi et de tes soldats, et tu suivras fidèlement ensuite toutes mes instructions.

LE CHEF.

Compte sur nous, Ivan Ogareff.

SANGARRE.

Où donc irons-nous maintenant ?

IVAN.

Écoutez ! L'énergie de ce Grand-Duc renverse tous mes calculs, déjoue toutes mes prévisions. Chaque jour il opère de nouvelles sorties, dont la plus prochaine coïncidera peut-être avec l'apparition d'une armée de secours, et nous serons ainsi placés entre deux feux!... Il faut donc que sans tarder j'exécute le projet hardi que j'ai conçu.

SANGARRE.

Et ce projet, quel est-il?

IVAN.

Sangarre, j'entrerai seul aujourd'hui dans Irkoutsk. Les Russes accueilleront avec des transports de joie celui qui se présentera sous le nom de Michel Strogoff, le courrier du czar. Va! tout est bien combiné et ma vengeance sera prompte à frapper! A l'heure convenue entre l'émir et moi, les Tartares attaqueront la porte de Tchermaïa qu'une main amie, la mienne, saura leur ouvrir.

SANGARRE.

Espères-tu donc que les Russes ne défendront pas cette porte?

IVAN.

Une terrible diversion les en empêchera et attirera tous les bras valides au quartier de l'Angara!

LE CHEF.

Cette diversion, quelle sera-t-elle?

IVAN.

Un incendie!

TOUS.

Un incendie?

IVAN.

Que vous autres, soldats, vous aurez allumé!

LE CHEF.

Nous! que veux-tu dire?

IVAN, montrant l'Angara.

Voyez ce fleuve qui coule et traverse la ville. C'est l'Angara et c'est lui... lui-même... qui va dévorer Irkoutsk!

SANGARRE.

Ce fleuve?

IVAN.

Au moment convenu, ce fleuve va rouler un torrent incendiaire. Des sources de naphte sont exploitées à trois verstes d'ici. Nous sommes maîtres des immenses réservoirs de Baïkal, qui contiennent tout un lac de ce liquide inflammable!... Un pan de mur démoli par vous, et un torrent de naphte se répandra à la surface de l'Angara. Alors il suffira d'une étincelle pour l'enflammer et porter l'incendie jusqu'au cœur d'Irkoutsk! Les maisons bâties sur pilotis, le palais du Grand-Duc lui-même seront dévorés, anéantis!... Ah! Russes maudits! vous m'avez jeté dans le camp des Tartares! Eh bien, c'est en Tartare que je vous fais la guerre!

LE CHEF.

Tes ordres seront exécutés, Ivan, mais quel moment choisirons-nous pour renverser la muraille des réservoirs de Baïkal?

IVAN.

L'heure où le soleil aura disparu de l'horizon.

SANGARRE.

A cette heure la capitale de la Sibérie sera en flammes!

IVAN.

Et ma vengeance s'accomplira! Partons maintenant. (Au chef.) Tu te souviendras?

LE CHEF.

Je me souviendrai. (Ivan et Sangarre sortent.)

SCÈNE II.

LE CHEF, LES SOLDATS, LE SERGENT.

LE CHEF.

Prenons ici une demi-heure de repos, avant l'instant où nous devons remplir notre mission.

LE SERGENT.

Les hommes peuvent aller et venir?

L'OFFICIER.

Oui, mais qu'ils ne s'éloignent pas! Nous n'aurons pas trop de tous nos bras pour renverser le mur des réservoirs de naphte!

LE SERGENT.

C'est bien!... Allez vous autres.

(Tous disparaissent après avoir déposé çà et là leurs fusils.)

SCÈNE III.

MARFA, puis LES TARTARES.

MARFA, entrant par la droite appuyée sur un bâton.

Mon pauvre enfant, toi, dont le regard s'est éteint en se fixant pour la dernière fois sur ta mère, où es-tu?... Qu'es-tu devenu? (Elle s'assied.) Une jeune fille, m'a-t-on dit,... Nadia, sans doute,... guide les pas de l'aveugle!... Tous deux se sont dirigés vers Irkoutsk, et, depuis un mois, j'ai suivi la grande route sibérienne... Mon fils bien-aimé, c'est moi qui t'ai perdu! Je n'ai pu me contenir, en te retrouvant... là... devant moi... et tu n'as pas été maître de toi-même en voyant le knout levé sur ta mère! Ah! pourquoi n'as-tu pas laissé déchirer mes épaules! Aucune torture ne m'aurait arraché ton secret!... Allons! il faut marcher encore!... Je ne suis plus ici qu'à quelques verstes d'Irkoutsk! C'est là peut-être que je le retrouverai... Allons! (Elle se lève et va sortir.) Les Tartares!

L'OFFICIER, voyant Marfa.

Quelle est cette femme?

LE SERGENT.

Quelque mendiante!

MARFA.

Je ne tends pas la main! Je ne réclame pas la pitié d'un Tartare!

L'OFFICIER.

Tu es bien fière!... Que fais-tu ici? où vas-tu?

MARFA.

Je vais où vont ceux qui n'ont plus de patrie, qui n'ont plus de maison et qui fuient les envahisseurs! Je vais devant moi jusqu'à ce que les forces me manquent!... jusqu'à ce que je tombe... et que je meure!

LE SERGENT, au capitaine.

C'est une folle, capitaine.

L'OFFICIER.

Qui a de bons yeux et de bonnes oreilles! Je n'aime pas ces rôdeurs qui suivent notre arrière-garde!... Ce sont autant d'espions. (A Marfa.) Pars, et que je ne te revoie pas, ou je te ferai attacher au pied d'un arbre, et là les loups affamés ne te feront pas grâce!

MARFA.

Loup ou Tartare, c'est tout un!... Mourir d'un coup de dent ou d'un coup de fusil, peu m'importe!

L'OFFICIER.

Oh! la vie a peu de prix à tes yeux!

MARFA.

Oui, depuis que j'ai perdu celui que je cherche vainement, mon fils que les tiens ont cruellement martyrisé!

(Marfa a repris son bâton et va s'enfoncer à droite.)

LE SERGENT, à l'officier.

Capitaine, encore des fugitifs, sans doute.

(Il montre Strogoff et Nadia qui apparaissent au fond.)

SCÈNE IV.

LES MÊMES, NADIA, STROGOFF.

MARFA, à part et continuant.

Lui!... mon fils!... mon fils!...

STROGOFF, à Nadia.

Qu'est-ce donc?

NADIA.

Des Tartares.

STROGOFF.

Ils nous ont vus?

NADIA.

Oui!...

MARFA, à part.

Oh! cette fois je ne me trahirai pas devant eux. (Elle se cache au fond.)

L'OFFICIER.

Faites approcher ces gens.

LE SERGENT.

Allons! approchez... approchez!

L'OFFICIER.

Qui êtes-vous?..

NADIA.

Mon frère est aveugle, et nous avons parcouru, malgré les terribles souffrances qu'il a subies, une route si pénible et si longue qu'il peut à peine se soutenir !

L'OFFICIER.

D'où venez-vous ?

STROGOFF.

D'Irkoutsk, où nous n'avons pu pénétrer parce que les Tartares l'investissent.

L'OFFICIER.

Et vous allez ?

STROGOFF.

Vers le lac Baïkal, où nous attendrons que la Sibérie soit redevenue tranquille.

L'OFFICIER.

Et elle le sera sous la domination tartare !

LE SERGENT, observant Nadia.

Elle est jolie, cette fille, capitaine !

L'OFFICIER, à Strogoff.

C'est vrai, tu as là une belle compagne !

(Le sergent veut s'approcher de Nadia.)

NADIA, s'éloignant.

Ah ! (Elle reprend la main de Strogoff.)

STROGOFF.

C'est ma sœur !

LE SERGENT.

On pourrait donner un autre guide à l'aveugle, et cette belle fille resterait au bivouac ! (Il s'approche d'elle.)

NADIA.

Laissez-moi, laissez-moi !

STROGOFF, à part.

Misérables !

LE SERGENT.

Elle est farouche, la jeune Sibérienne ! Nous nous reverrons plus tard, la belle.

UN SOLDAT, entrant.

Capitaine, en montant sur une colline, à cent pas d'ici, on peut voir de grandes fumées qui s'élèvent dans l'air, et, en prêtant l'oreille, on entend, au loin, le bruit du canon.

L'OFFICIER.

C'est que les nôtres donnent l'assaut à Irkoutsk !

STROGOFF, à part.

L'assaut à Irkoutsk !

L'OFFICIER.

Voyons cela. (Aux soldats.) Dans une heure le moment sera venu d'accomplir notre tâche, et, cela fait, nous rejoindrons les assaillants.

(Il sort, les soldats l'accompagnent. Le sergent regarde une dernière fois Nadia et sort.)

SCÈNE V.

NADIA, STROGOFF, puis MARFA.

NADIA.

Ils sont partis, frère, nous pouvons continuer notre route.

STROGOFF.

Non !... j'ai dit que nous allions du côté du lac Baïkal !... Il ne faut pas qu'ils nous voient prendre un autre chemin !

NADIA.

Nous attendrons alors qu'ils soient tout à fait éloignés.

STROGOFF.

C'est aujourd'hui le 24 septembre, et aujourd'hui,... je devrais être à Irkoutsk.

NADIA.

Espérons encore !... Ces Tartares vont partir... Cette nuit, quand on ne pourra plus nous voir, nous chercherons le moyen de descendre le fleuve... et tu pourras, avant demain, entrer dans la ville !... Essaye de prendre un peu de repos en attendant !

(Elle le conduit au pied d'un arbre.)

STROGOFF.

Me reposer... et toi... pauvre Nadia, n'es-tu pas plus brisée par la fatigue que je ne le suis moi-même ?

NADIA.

Non... non.. Je suis forte... tandis que toi, cette blessure que tu as reçue, cette fièvre qui te dévore !...

(Strogoff s'assoit au pied de l'arbre.)

STROGOFF.

Ah ! qu'importe, Nadia, qu'importe ! Que j'arrive à temps auprès du Grand-Duc et je n'aurais plus rien à vous demander, mon Dieu, si ma mère existait encore !

NADIA.

Devant son fils que ces barbares allaient martyriser, elle est tombée... inanimée !... Mais qui te dit que la vie s'était brisée en elle ?... Qui te dit qu'elle était morte ?... Frère,... je crois que tu la reverras .. (Se reprenant et le regardant avec douleur.) Je crois, frère, que tu la presseras encore dans tes bras... et qu'elle couvrira de baisers et de larmes ces pauvres yeux où la lumière s'est éteinte !

STROGOFF.

Quand j'ai posé mes lèvres sur son front, je l'ai senti glacé !... Quand j'ai interrogé son cœur, il n'a pas battu sous ma main !... (Marfa, qui a reparu, s'est approchée lentement de son fils.) Hélas ! ma mère est morte !

NADIA, apercevant Marfa.

Ah !

STROGOFF.

Qu'est-ce donc ? qu'as-tu, Nadia ?

NADIA.

Rien. Rien !

(Marfa, qui s'est agenouillée, fait signe à Nadia, prête à se trahir, de garder le silence ; puis, prenant une des mains de son fils, elle la porte en pleurant à ses lèvres. Strogoff, qui a étendu l'autre bras, s'est assuré que Nadia est bien à sa droite.)

STROGOFF.

Oh !... Nadia !... Nadia !... ces baisers, ces larmes !... les sanglots que j'entends !... Ah ! c'est elle !... c'est elle, c'est ma mère !

MARFA.

Mon fils ! mon fils ! (Ils tombent dans les bras l'un de l'autre.)

NADIA.

Marfa...

MARFA.

Oui, oui, c'est moi, mon enfant bien-aimé, c'est moi, mon noble et courageux martyr !... Laisse-moi les baiser mille fois ces yeux, ces pauvres yeux éteints !... Et c'est pour moi, c'est parce qu'il a voulu défendre sa mère qu'ils l'ont ainsi torturé !... Ah ! pourquoi ne suis-je pas morte avant ce jour fatal !... Pourquoi ne suis-je pas morte, mon Dieu ?

STROGOFF.

Mourir !... toi, non... non !... Ne pleure pas, ma mère, et souviens-toi des paroles que je dis ici : Dieu réserve à ceux qui souffrent d'ineffables consolations !

MARFA.

De quelles consolations me parles-tu, à moi, dont les yeux ne doivent plus, sans pleurer, se fixer sur les tiens ?

STROGOFF.

Le bonheur peut renaître en ton âme.

MARFA.

Le bonheur ?

STROGOFF.

Dieu fait des miracles, ma mère...

MARFA.

Des miracles ! Que signifie ?... Réponds, réponds, au nom du ciel !

STROGOFF.

Eh bien ! apprends donc !... je, je... Ah ! la joie ! l'émotion de te retrouver... ma mère... ma...

MARFA.

Mon Dieu ! la parole expire sur ses lèvres... Il pâlit... il perd connaissance !...

NADIA.

C'est l'émotion après tant de fatigues !

MARFA.

Il faudrait pour le ranimer !... Ah ! cette gourde ! (Elle prend la gourde que Strogoff porte à son côté.) Rien ! elle est vide... Là-bas, de l'eau !... Va, va... Nadia ! (Nadia prend la gourde et s'élance au fond sur le chemin qui monte vers la droite.) Michel, mon enfant, entends-moi, parle-moi, Michel !... Dis encore que tu me pardonnes tout ce que, par moi, tu as souffert !...

STROGOFF, d'une voix éteinte.

Mère ! mère !...

MARFA.

Ah !... il revient à lui !... (Regardant au fond.) Nadia ! Nadia ! (A ce moment Nadia qui a rempli la gourde se relève, mais aussitôt le sergent tartare reparaît et se précipite vers elle.)

LE SERGENT.

A moi, la belle fille !...

NADIA.

Laissez-moi.

LE SERGENT.

Non !... tu viendras de gré ou de force !... (Il veut l'entraîner.)

NADIA.

Laissez-moi !... Laissez-moi !

MARFA, apercevant Nadia.

Le misérable... Nadia !... (Elle court à Nadia.)

LE SERGENT.

Arrière !... (Il repousse Marfa, saisit Nadia dans ses bras et va l'enlever.)

NADIA, poussant un cri.

A moi, pitié !... à moi !

STROGOFF.

Nadia !... (Il se redresse, se lève ; puis, par un mouvement irrésistible, il se jette sur un des fusils déposés près de l'arbre, il l'arme, il ajuste le sergent et fait feu. Le sergent tombe mort.)

MARFA et NADIA.

Oh !... (Toutes deux, après être restées stupéfaites un instant, redescendent en courant auprès de Strogoff.)

STROGOFF.

Que Dieu et le czar me pardonnent !... Cette contrainte nouvelle était au-dessus de mes forces !

MARFA.

Ah ! Michel, mon fils, tes yeux voient la lumière du ciel !

NADIA.

Frère ! Frère !... C'est donc vrai ?

STROGOFF.

Oui, oui, je te vois, ma mère !... Oui je te vois, Nadia !...

MARFA.

Mon enfant, mon enfant !... Quelle joie, quel bonheur, quelle ivresse !... Ah !... Je comprends tes paroles maintenant : Dieu garde aux affligés d'ineffables consolations...

NADIA.

Mais comment se fait-il ?

MARFA.

Et d'où vient ce miracle ?...

STROGOFF.

Quand je croyais te regarder pour la dernière fois, ma mère, mes yeux se sont inondés de tant de pleurs, que le fer rougi n'a pu que les sécher sans brûler mon regard !... Et comme il me fallait, pour sauver notre Sibérie, traverser les lignes tartares : « Je suis aveugle, disais-je. Le Koran me protège... Je suis aveugle... » et je passais !

NADIA.

Mais pourquoi ne m'avoir pas dit... à moi ?...

STROGOFF.

Parce qu'un instant d'imprudence ou d'oubli aurait pu te perdre avec moi, Nadia !...

MARFA.

Silence !... Ils reviennent.

SCÈNE VI.

LES MÊMES, LE CAPITAINE, SOLDATS.

Le capitaine, suivi des soldats, arrive par le fond. On relève le cadavre du sergent.

LE CAPITAINE.

Qui a tué cet homme ?

UN SOLDAT, montrant Strogoff.

Il n'y a ici que ce mendiant.

L'OFFICIER.

Qu'on s'empare de lui. Nous l'emmènerons au camp.

STROGOFF, à part.

M'emmener !... Et ma mission ! tout est perdu !...

NADIA.

Ne savez-vous pas que mon frère est aveugle ?...

MARFA.

Et qu'il n'a pu se servir de cette arme !

L'OFFICIER.

Aveugle ?... Nous allons bien savoir s'il l'est réellement !

MARFA, bas.

Que va-t-il faire ?

L'OFFICIER.

Tes yeux sont éteints, as-tu dit.

STROGOFF.

Oui.

L'OFFICIER.

Eh bien ! je veux te voir marcher sans guide, sans appui !... Éloignez ces deux femmes, et toi, marche ! (Il tire son épée.)

STROGOFF.

De quel côté ?

L'OFFICIER, tendant son épée en face de la poitrine de Strogoff.

Droit devant toi.

NADIA.

Mon Dieu !

MARFA, poussant un cri en fermant la bouche

Ah !...

STROGOFF, marchant sur l'épée, et s'arrêtant au moment où la pointe lui entre dans la poitrine.

Ah !... vous m'avez blessé !

MARFA, s'élançant vers lui.

Michel ! mon pauvre enfant !...

NADIA.

Frère !

MARFA, à l'officier.

Vous êtes un assassin !

L'OFFICIER.

Alors, c'est une de ces deux femmes qui a tué ce soldat !

MARFA.

C'est moi.

STROGOFF, à Marfa.

Non, ma mère ! je ne veux pas... je ne veux pas...

MARFA, à part, à Strogoff.

Pour sauver notre Sibérie, il faut que tu sois libre !... Je te défends de parler !

L'OFFICIER.

Saisissez cette femme !... Attachez-la au pied de cet arbre, et qu'on la fusille !

STROGOFF.

Fusillée !... toi !...

NADIA.

Grâce !.. pour elle !...

MARFA.

Dieu a compté mes jours !... Ils lui appartiennent !

(Des soldats attachent Marfa à l'arbre ; d'autres entraînent Strogoff et Nadia.)

STROGOFF.

Ma mère ! ma mère !...

ONZIÈME TABLEAU.

Le Radeau.

SCÈNE VII.

LES MÊMES, JOLLIVET, BLOUNT, UN BATELIER, PLUSIEURS FUGITIFS.

(Au moment où les Tartares vont fusiller Marfa, un radeau venant de la gauche apparaît sur l'Angara.

JOLLIVET.

Une femme que des Tartares veulent assassiner !... Arrière, misérables !

STROGOFF.

A moi !... mes amis !

L'OFFICIER, aux Tartares.

Feu! vous autres!

BLOUNT.

Jollivet, tirez sur les soldats!... Je me charge, moi, du capitaine! (Il tire.)

L'OFFICIER, blessé

Ah!

BLOUNT.

Je avais bien visé, n'est-ce pas?

JOLLIVET.

Très bien visé, ami Blount!

(Les Tartares entourent leur chef, pendant que Strogoff et Nadia détachent Marfa.)

L'OFFICIER.

Emmenez-moi aux réservoirs!... C'est l'ordre d'Ogareff!

(Les Tartares l'emmènent.)

BLOUNT, JOLLIVET.

Vive la France! vive l'Angleterre! hurrah! hip! hip!

JOLLIVET.

Tiens! Michel Strogoff!

STROGOFF.

Merci, monsieur Jollivet! Merci, monsieur Blount!

BLOUNT.

C'était nous, infortuné aveugle!

STROGOFF.

Ne perdons pas un minute!... Ce radeau vous conduisait...

JOLLIVET.

A Irkoutsk.

STROGOFF.

A Irkoutsk!... C'est le ciel qui vous envoie.

BLOUNT.

Oui, toujours très maligne, le ciel!

MARFA.

Vous nous emmenez avec vous!

JOLLIVET.

Certes!... En descendant le cours de l'Angara, nous pénétrerons dans Irkoutsk à la faveur de la nuit!

STROGOFF.

Embarquons!

JOLLIVET.

Il n'est donc pas aveugle!

MARFA.

Sa tendresse filiale a sauvé mon enfant! Ses yeux, en m'adressant un dernier adieu, étaient inondés de tant de larmes!...

BLOUNT.

Ah bonne! très bien! je comprends, et je voulais instruire de cette chose notre Académie de médecine!

JOLLIVET.

Oui, oui, écrivez, Blount : Fer rouge excellent pour sécher les larmes...

BLOUNT.

Mais insiouffisant pour brûler le vue!

TOUS.

Embarquons!

(Ils s'embarquent.)

DOUZIÈME TABLEAU.

Les Rives de l'Angara.

Le panorama du fond se déplace peu à peu, pendant que le radeau est immobile, et montre divers sites des rives du fleuve.

TREIZIÈME TABLEAU.

Le Fleuve de naphte.

La nuit est venue. Le courant de naphte s'enflamme à la surface du fleuve, et le radeau, vigoureusement repoussé passe à travers.

QUATORZIÈME TABLEAU.

La Ville en feu.

Irkoutsk est en feu. La population se précipite de tous côtés. Strogoff apparait et s'élance à travers une porte embrasée.

ACTE CINQUIÈME.

QUINZIÈME TABLEAU.

Le Palais du Grand-Duc.

Une chambre basse de la casemate de la porte Tchernaïa, à Irkoutsk. Porte au fond, portes latérales. Large fenêtre à droite, éclairée par le reflet de l'incendie. Tocsin sonnant à toute volée.

SCÈNE I.

LE GRAND-DUC, LE GÉNÉRAL VORONZOFF, OFFICIERS.

LE GRAND-DUC.

Il a fallu la main d'un barbare pour répandre sur la surface du fleuve tout un courant de naphte.

VORONZOFF.

Les soldats de l'émir ont, sans doute, renversé la muraille de l'immense réservoir du Baïkal.

LE GRAND-DUC.

Et une étincelle a suffi pour embraser ce naphte et incendier les maisons dont les pilotis baignent dans le fleuve! Les misérables! employer de pareils moyens de destruction!

VORONZOFF.

C'est une guerre de sauvages qu'ils veulent nous faire! Altesse, ils ont juré l'extermination de la ville!

LE GRAND-DUC.

Ils ne sont pas encore les maîtres d'Irkoutsk. Général, le feu a-t-il fait de nombreuses victimes?

VORONZOFF.

Presque tous les habitants sont parvenus à se sauver.

LE GRAND-DUC.

Que l'on secoure ces pauvres gens,... qu'ils soient logés dans mon palais, dans les établissements publics, chez tous ceux que l'incendie a épargnés!..

VORONZOFF.

Tous leur viennent en aide, Altesse, et rien ne leur manquera! Le dévouement de notre population égale son patriotisme!

LE GRAND-DUC.

Bien! Bien! Cet incendie doit être un moyen de diversion! Dès que le feu sera localisé que tous les défenseurs retournent aux remparts!

VORONZOFF.

A ce sujet, Altesse, j'ai à vous faire connaître une supplique pour laquelle a été invoqué mon intermédiaire.

LE GRAND-DUC.

Par qui m'est-elle adressée?

VORONZOFF.

Par tous les exilés politiques qui au début de l'invasion ont reçu l'ordre de rentrer dans la ville. Votre Altesse sait qu'ils se sont bravement battus déjà et qu'elle peut compter sur leur patriotisme.

LE GRAND-DUC.

Je le sais!... Que demandent-ils?

VORONZOFF.

Ils demandent que Votre Altesse daigne leur faire l'honneur de recevoir une députation d'entre eux.

LE GRAND-DUC.

Quel est le chef de cette députation?

VORONZOFF.

Un exilé qui s'est particulièrement distingué depuis l'investissement de la ville.

LE GRAND-DUC.

Son nom!

VORONZOFF.

Wasili Fédor! Homme de valeur et de courage, son influence sur ses compagnons a toujours été très grande!

LE GRAND-DUC.

Faites entrer cette députation. (On introduit Wasili Fédor et ses compagnons.)

SCÈNE II.

LES MÊMES, FÉDOR, EXILÉS.

LE GRAND-DUC.

Wasili Fédor, tes compagnons et toi, vous vous êtes bravement battus depuis le commencement du siège! Votre patriotisme n'a jamais failli! La Russie ne l'oubliera pas!

FÉDOR.

Nous venons demander à Votre Altesse qu'elle nous permette de faire plus encore pour le salut de la patrie

LE GRAND-DUC.

Que voulez-vous?

FÉDOR.

L'autorisation de former un corps spécial et le droit de marcher au premier rang.

LE GRAND-DUC.

Soit! Mais à un corps d'élite il faut un chef digne de le commander. Quel sera ce chef?

TOUS.

Wasili Fédor!

FÉDOR.

Moi?

TOUS

Oui! oui!

LE GRAND-DUC.

Tu les entends! C'est toi qu'ils ont choisi! Acceptes-tu?

FÉDOR.

Oui... si le bien du pays l'exige! L'amour de la patrie est toujours vivace au cœur d'un exilé, et nous vous demandons à marcher en avant à la première sortie!

TOUS.

Oui! oui! en avant!

LE GRAND-DUC.

Wasili Fédor, tes compagnons sont courageux et forts! Je doublerai leur courage et leur force! Je leur donnerai à tous l'arme la plus puissante : la liberté!

TOUS.

La liberté!

LE GRAND-DUC.

A dater de ce moment il n'y a plus de proscrits en Sibérie!

TOUS.

Hurrah pour le Grand-Duc! Hurrah! pour la Russie.

FÉDOR.

Altesse, je ne serai pas seul de ma famille à bénir votre nom. J'ai ma fille Nadia, qui en ce moment traverse mille périls pour arriver jusqu'à moi!...

LE GRAND-DUC.

Et au lieu d'un proscrit, ta fille trouvera un homme libre!

UN AIDE DE CAMP, entrant précipitamment

Altesse, un courrier du czar!

TOUS.

Un courrier!

LE GRAND-DUC.

Un courrier qui a pu arriver jusqu'à nous! Enfin!... Qu'il entre! qu'il entre!...

SCÈNE III.

LES MÊMES, IVAN.

LE GRAND-DUC.

Qui es-tu? Parle! parle vite.

IVAN.

Michel Strogoff, courrier du czar.

LE GRAND-DUC.

D'où viens-tu?

IVAN.

De Moscou.

LE GRAND-DUC.

Tu as quitté Moscou?

IVAN.

Le 22 août.

LE GRAND-DUC.

Et qui me prouve que tu es bien un courrier du czar, et que tu m'es envoyé de Russie?

IVAN, tirant un papier.

Ce permis signé du gouverneur de Moscou, et qui assurait mon passage à travers la Sibérie.

LE GRAND-DUC.

Mais ce permis porte le nom de Nicolas Korpanoff?

IVAN.

Je voyageais sous ce nom en qualité de marchand sibérien.

LE GRAND-DUC.

Tu as une lettre pour moi?

IVAN.

J'en avais une écrite de la main du gouverneur de Moscou, mais j'ai dû la détruire pour la soustraire aux Tartares qui m'avaient fait prisonnier.

LE GRAND-DUC.

Approche!... Que contenait cette lettre?

IVAN.

Ceci : Une armée de secours venue des provinces du Nord arrivera le 28 septembre.

LE GRAND-DUC.

Le 28 septembre!

IVAN.

Que Son Altesse fasse ce jour-là, — mais ce jour-là seulement, — une vigoureuse sortie, et les Tartares seront écrasés!

LE GRAND-DUC.

Ainsi celle que nous devions tenter aujourd'hui, demain... et chaque jour, ne pourrait que nous être funeste?... C'est dans quatre jours seulement!... Eh bien, quoi qu'il arrive, nous tiendrons jusque-là!

IVAN, à part.

Et demain les Tartares seront maîtres d'Irkoutsk!

LE GRAND-DUC.

Est-ce tout ce que contenait cette lettre du gouverneur de Moscou?

IVAN.

Non!... Il était aussi question d'un homme dont Votre Altesse doit se défier..., un officier russe.

LE GRAND-DUC.

Un Russe! un officier! Quel est le nom de ce traître?

IVAN.

Ivan Ogareff, maintenant le lieutenant de Féofar et organisateur de cette invasion.

LE GRAND-DUC.

Ivan Ogareff, jadis condamné par moi à la dégradation!

IVAN.

Il a juré de se venger de Votre Altesse et de livrer la ville aux Tartares!

LE GRAND-DUC.

Qu'il vienne donc, je l'attends! Ah! qu'il méritait bien, ce misérable, le châtiment qui l'a frappé, lui qui devait provoquer plus tard l'envahissement de son pays!

IVAN, froidement.

Il le méritait!

LE GRAND-DUC.

Mais, dis-moi, comment as-tu fait pour pénétrer dans Irkoutsk?

IVAN.

Pendant le dernier engagement qui vient d'avoir lieu, je me suis mêlé aux défenseurs de la ville, je me suis nommé, et l'on m'a conduit aussitôt devant Votre Altesse.

LE GRAND-DUC.

Tu as montré un grand courage, Michel Strogoff. Que demandes-tu pour prix de tes services?

IVAN.

Le droit de combattre pour la défense d'Irkoutsk.

LE GRAND-DUC.

Tu commanderas une des portes de la ville.

IVAN.

La porte Tchernaia, Altesse, celle que les Tartares menacent le plus?

LE GRAND-DUC.

Soit! La porte Tchernaia!

VORONZOFF, qui s'est approché de la fenêtre.

Altesse!

LE GRAND-DUC.

Qu'y a-t-il?

VORONZOFF.

Il semble que l'ennemi cherche à se rapprocher de nos murailles.

LE GRAND-DUC.

Il nous trouvera prêts à le recevoir! Venez, messieurs!

(Tous sortent excepté Ivan.)

SCÈNE IV.

IVAN, seul.

Oui, oui, nobles défenseurs de la patrie! Allez, invincibles héros! L'heure de la défaite et de la mort sonnera bientôt pour vous! Et toi brûle, cité maudite, que tes palais soient anéantis par le feu! Que de tes maisons il ne reste plus que des cendres! Ce n'est pas une ville qu'il faut aux Tartares, c'est un monceau de ruines! Brûle donc, Irkoutsk, et périsse avec toi tout ce qui porte le nom détesté de Russe et de Sibérien!

SCÈNE V.

IVAN, STROGOFF, UN OFFICIER.

L'OFFICIER, à Strogoff.

Attendez ici!... Je vais aller prévenir Son Altesse le Grand-Duc de votre arrivée.

STROGOFF.

J'attends... Mais hâtez-vous.

IVAN, à part au fond.

Michel Strogoff. (L'officier sort.) Comment aveugle a-t-il pu arriver jusqu'ici?

STROGOFF.

Il n'y a pas un instant à perdre!...

IVAN.

Oh! non, pas un instant. (Appuyant sa main sur l'épaule de Strogoff.) Michel Strogoff, reconnais-tu ma voix?

STROGOFF.

Oui, c'est la voix d'un traître!... C'est la voix d'Ivan Ogareff.

IVAN.

Ogareff, auquel tu n'échapperas pas, cette fois!... Ogareff, que n'arrêtera pas ce vain commandement du Koran qui protège les aveugles!... Ah! tu te réjouis, n'est-ce pas? d'avoir pu arriver à temps pour accomplir ta mission et sauver à la fois Irkoutsk et le Grand-Duc?

STROGOFF.

Peut-être!

IVAN.

Tu espères encore!... mais sache donc que nous sommes seuls ici! Avant que nul ne vienne, mon poignard, fouillant dans ta poitrine, t'en arrachera le cœur.

STROGOFF, froidement.

Essaye.

IVAN.

Tu oses me braver... quand je te tiens seul et sans défense!... quand je n'ai qu'à choisir la place pour te frapper! Ah! comme je vais bien te tuer!

STROGOFF.

J'attends! (Ivan s'approche de Strogoff, mais le coup est détourné, et Strogoff lui arrache son poignard.)

STROGOFF.

Eh bien, j'attends toujours.

IVAN.

Est-ce un rêve!... Un miracle n'a pu se faire pour ce misérable!..

STROGOFF, s'avançant vers lui et lui prenant le bras.

Alors, pourquoi trembles-tu?

IVAN, voulant se dégager.

Non!... C'est impossible!...

STROGOFF.

Ivan Ogareff, ton heure suprême est arrivée!... Regarde de tous tes yeux, regarde!...

IVAN.

Miséricorde! Il voit! il voit! il voit!

STROGOFF.

Oui, je vois sur ton visage de traître la pâleur et l'épouvante! Je vois la trace du knout, le stigmate de honte dont j'ai marqué ton front! Je vois la place où je vais te frapper, misérable! Ah! comme je vais bien te tuer!

IVAN, se redressant.

Soit! mais tu me frapperas debout! Je mourrai du moins en soldat!

STROGOFF.

En soldat, toi?... Non. Tu vas mourir comme doit mourir un traître, à genoux! Allons, à genoux! pour expier l'outrage que tu m'as infligé, à genoux! pour avoir fait honteusement knouter ma mère, à genoux! pour avoir trahi ta patrie... A genoux! misérable, à genoux!

(Ivan cherche à s'emparer du poignard pour en frapper Strogoff, et parvient à le lui prendre. Mais Strogoff lui saisit la main et la dirige de telle sorte qu'Ivan se frappe lui-même et tombe.)

SCÈNE VI.

LES MÊMES, LE GRAND-DUC, OFFICIERS, VORONZOFF, JOLLIVET, BLOUNT, MARFA, NADIA, FÉDOR, OFFICIERS.

LE GRAND-DUC.

Emparez-vous de cet homme! (A Strogoff.) Qui es-tu, toi qui as assassiné un courrier du czar?

STROGOFF.

Michel Strogoff, Altesse, et voici Ivan Ogareff.

MARFA, entrant.

Oui! Michel Strogoff, mon enfant! Altesse, vous avez devant vous le dévouement et la trahison!

JOLLIVET, montrant Strogoff.

Et le dévouement, le voici!

BLOUNT, montrant Ivan.

Et la trahison, le voilà!

LE GRAND-DUC.

Quels sont ces hommes?

STROGOFF.

Mes braves compagnons de périls!

JOLLIVET, désignant Blount.

J'ai l'honneur de présenter à Votre Altesse monsieur Blount, un courageux Anglais!

BLOUNT, même jeu.

Mister Jollivet, une Française aussi coura... bien plus courageuse!

LE GRAND-DUC.

Et vous affirmez?...

BLOUNT.

Que celui-là était Ivan Ogareff!

JOLLIVET.

Et celui-ci est Michel Strogoff!

FÉDOR.

Le sauveur de ma fille, Altesse! (Coups de canon rapprochés.)

STROGOFF.

Écoutez! C'est le canon qui tonne!

LE GRAND-DUC.

Oui!... Les colonnes ennemies attaquent la ville! Il faut défendre les remparts!

STROGOFF.

Non!... Écoutez encore!... Au canon qui gronde sous nos murs répond le canon plus lointain!... C'est aujourd'hui le 24 septembre!.. Voilà l'armée de secours qui arrive!...

TOUS.

L'armée de secours!

STROGOFF

Que Votre Altesse ordonne une sortie générale, et l'armée tartare sera anéantie!

LE GRAND-DUC.

Allons, mes amis, au combat!

TOUS.

Au combat! (Tous sortent.)

SEIZIÈME TABLEAU.

L'Assaut d'Irkoutsk.

La scène représente une plaine sous les murs d'Irkoutsk. Les Tartares ont été écrasés, et toute l'armée russe est en scène.

SCÈNE I.

LE GRAND-DUC, STROGOFF, NADIA, MARFA, JOLLIVET, BLOUNT. VORONZOFF, FÉDOR, TROUPES, ETC., ETC.

LE GRAND-DUC.

Soldats, grâce au courage et au dévouement de Michel Strogoff, nos troupes ont pu opérer leur jonction avec l'armée de secours! Les Tartares sont en déroute, l'émir Féofar est prisonnier, et Irkoutsk est délivrée!

TOUS.

Hurrah! hurrah!

LE GRAND-DUC.

Michel Strogoff, quelle récompense demandes-tu?

STROGOFF.

Je ne veux rien!... Altesse, je n'ai fait que mon devoir de soldat... pour Dieu, pour le Czar, pour la Patrie.

(Les fanfares éclatent et les drapeaux russes se balancent dans les airs au milieu des hurrahs.)

FIN.

Typographie Firmin-Didot. — Mesnil (Eure).

www.ingramcontent.com/pod-product-compliance
Ingram Content Group UK Ltd.
Pitfield, Milton Keynes, MK11 3LW, UK
UKHW012309240726
13966UKWH00005B/1759